겨울여행
Le Voyage d'hiver

겨울 여행

초판 1쇄 2010년 8월 16일
개정판 1쇄 2015년 7월 20일

지은이 · 아멜리 노통브
옮긴이 · 허지은
펴낸이 · 김종해

펴낸곳 · 문학세계사
출판등록 · 제21-108호.(1979. 5. 16)
주소 · 서울시 마포구 신수로 59-1(121-856)
대표전화 · 02-702-1800, 팩시밀리 · 02-702-0084
이메일 mail@msp21.co.kr
홈페이지 www.msp21.co.kr
트위터 @munse_books
페이스북 https://www.facebook.com/munsebooks

값 9,000원
ISBN 978-89-7075-500-7 03860

ⓒ 문학세계사

아멜리 노통브 소설

겨울 여행

허지은 옮김

문학세계사

Le Voyage d'hiver
by
Amélie Nothomb

Copyright ⓒ Editions Albin Michel-Paris 2009
Korean translations copyrights ⓒ Munhak Segye-sa 2010
All rights reserved.
This edition published by arrangement with
Editions Albin Michel through Shin Won Agency Co.

이 책의 한국어판 저작권은 신원 에이전시를 통해
저작권자와 독점 계약한 문학세계사가 소유합니다.
저작권법에 의해 한국 내에서 보호를 받는 저작물이므로
무단 전재 및 무단 복제, 전자출판 등을 금합니다.

다른 사람들도 모두 그렇겠지만, 공항에서 검색대를 지날 때마다 나는 짜증이 난다. 내가 검색대를 통과하면 어김없이 그놈의 경보음이 울린다. 그러면 갑자기 거창한 게임이 시작되어 검사요원들의 손이 머리에서 발끝까지 내 온몸을 더듬는다. 언젠가 나는 참다못해 이런 말을 내뱉고 말았다. "정말로 내가 비행기를 폭파시킬 거라고 생각하는 겁니까?"

괜한 짓이었다. 요원들이 옷을 벗으라고 명령했다. 유머감각이라고는 눈곱만치도 없는 사람들 같으니라고.

오늘도 나는 신경을 잔뜩 곤두세운 채로 검색대를 통과한다. 내가 지나가면 어김없이 그놈의 경보음이 울릴 것이고, 검사요원들의 손이 머리에서 발끝까지 내 온몸을 더듬을 것이다.

하지만 오늘은 상황이 좀 다르다. 내가 정말로 13시 30분발 비행기를 폭파시킬 계획이니까.

비행기는 오를리 공항이 아닌 샤를드골 공항에서 출발하는 것으로 택했다. 그럴 만한 이유들이 있다. 샤를드골 공항이 훨씬 더 쾌적하고 근사한 데다가 비행기들의 행선지가 멀고도 다양하며 면세점도 잘 되어 있기 때문이다. 그러나 가장 주된 이유는, 오를리 공항의 화장실에는 사용료를 받는 아줌마들이 있다는 것이다.

문제는 돈을 내야 한다는 것이 아니다. 주머니 속에 굴러다니는 동전 하나씩은 늘 있게 마련이니까. 그보다는 나의 흔적을 깨끗이 지울 누군가를 만나야 한다는 것이 괴롭다. 그렇게 하는 사람이나 나에게나 굴욕적인 행동이 아닐 수 없다. 내가 까다로운 사람이라 유난을 떠는 것은 아니라고 생각한다.

그나저나 오늘은 화장실에 무던히도 들락거릴 것 같다. 머리털 나고 처음으로 비행기를 폭파시키려 하고 있으니까. 나 역시 비행기에 오를 예정이니 처음이자 마지막이 될 것이다. 어떻게 하는 것이 내게 가장 잘 어울리는 최후일까 고민하고 또 고민해 보았지만 달리 뾰족한 수가 떠오르지 않았다. 평범한 소시민이 자기 손으로 폭파시킬 비행기를 탄다는 것은 영락없이 자살을 하겠다는 의미이다. 아니면 조직에 가담해야 하는데, 그런 것은 영 내 취향이 아니다.

나는 협동이니 단결이니 하는 것과는 거리가 먼 인간이다. 팀 체질이 아닌 것이다. 인간 자체에 대한 악감정은 없다. 나는 오히려 우정과 사랑을 소중하게 여긴다. 그러나 뭔가를 할 때면 혼자 움직여야만 마음이 편하다. 누군가를 달고서 어떻게 큰일을 치러낸단 말인가? 자기 자신밖에는 믿지 말아야 하는 경우가 있는 법이다.

너무 일찍 도착하는 사람을 보고 시간을 잘 지키는 사람이라고 할 수는 없다. 내가 바로 그런 부류이다. 늦는 게 두려운 나머지 항상 약속시간보다 한참이나 일찍 도착해 버린다.

오늘 나는 내 신기록을 갈아치운다. 항공사 카운터에 도착해 보니 아침 여덟 시 삼십 분이다. 창구 아가씨가 예약한 비행기 말고 그 전편을 타고 가라고 권한다. 물론 나는 거절을 했지만.

다섯 시간은 길지 않다. 이 노트와 펜을 가져온 이상. 마흔 해를 살면서 글을 쓴다는 치욕스러운 행위를 요행히 피해 온 나였다. 그러나 범죄 행위는 글을 쓰고 싶다는 충동을 일으킨다는 점을 깨달았다. 이 기록은 비행기가 폭파될 때 나와 함께 산산조각이 날 테니 걱정할 건 없다. 애써 아무렇지도 않은 표정을 짓지만 간절한 마음으로 출판업자에게 이 원고를 읽어달라고 애원할 처지에 놓이는 일 따위도 없을 것이다.

아까, 내가 검색대를 통과할 때, 어김없이 그놈의 경보음이 울렸다. 나는 웃었다. 그런 상황에서 웃은 건 처음이었다. 예상대로 검색요원들의 손이 머리부터 발끝까지 내 온몸을 더듬었다. 낄낄거리는 나를 수상쩍게 바라보는 그들을 향해 나는 간지럼을 많이 타서 그렇다고 말했다. 그들이 내 가방 안에 든 내용물을 샅샅이 뒤질 때, 나는 웃지 않으려고 볼 안쪽 살을 꽉 깨물었다. 그때 난 수중에 범죄에 사용할 물건들을 아직 가지고 있지 않았다. 검색이 끝난 다음 면세점에서 필요한 재료들을 샀다.

 현재 시각 오전 아홉 시 삼십 분. 읽히지도 않을 글을 써야만 할 것 같은 이 이해할 수 없는 욕구를 충족시킬 네 시간의 여유가 있다. 죽는 순간이 다가오면 일 초 만에 인생 전체가 파노라마처럼 눈앞을 지나간다던가. 그런 경험을 할 수 있다는 생각을 하니 기분이 들떴다. 무슨 일이 있어도 내가 만들어낸 역사 중 최고의 순간을 놓치지는 않으리라. 내가 이렇게 글을 쓰는 것이 파노라마에 넣을 이미지들을 고르기 위해서인 것 같기도 하다. 중요하지 않은 것들은 제쳐두고 제일로 좋았던 순간들만을 골라 편집하기 위해.

 아니면 그 짧은 영화가 존재하지 않을 수도 있다는 두려움 때문에 글을 쓰는 것인지도 모르겠다. 그 속설이 속설일 뿐이라는, 그리고 아무것도 못 보고 속수무책으로 죽어갈 수도 있다는 가능성을 배제할 수 없으니까. 내 인생을 요점 정리하는 무아지경을 경험하지 못하고 죽어버리면 섭섭해서 어떡하나. 그래서 혹시나 하는 마음에 글로나마 그런 장면을 만들어보려고 하는 것이 아닐까.

 그러고 보니 열네 살 먹은 조카 알리시아가 생각난다.

태어난 순간부터 내내 MTV 앞에 앉아 있는 아이다. 나는 그애에게 넌 죽을 때 테이크 댓(Take That)으로 시작해서 콜드플레이(Coldplay)로 끝나는 뮤직 비디오를 보게 될 거야, 라고 말해 주었다. 내 말에 알리시아는 배시시 웃었다. 형수가 왜 아이에게 협박을 하느냐고 볼멘소리를 했다. 열 몇 살 먹은 조카에게 농담을 하는 것이 협박으로 둔갑한다면, 내가 보잉 747기에 무슨 짓을 했는지 알고 난 후에 형수 입에서 어떤 단어가 튀어나올지 상상하기도 무섭다.

당연하겠지만 나는 여러모로 생각을 해본다. 누군가가 테러 행위를 저지를 때에는 사람들의 입과 언론매체에 오르고 싶다는 계산이 뒷받침되어 있다. 범세계적인 쑥덕공론을 염두에 두는 것이다. 재미로 비행기를 납치하는 사람은 없다. 신문의 1면을 차지하기 위해 그런 일을 감행하는 것이다. 언론매체를 모조리 없애보라. 테러리스트들은 곧 실업자 신세로 전락할 것이다. 그럴 일은 없겠지만.

오후 두 시부터, 아니, 비행기 출발시간은 늘 지연되기 마련이니 넉넉잡아 오후 두 시 삼십 분부터는 CNN, AFP 통신이 나의 대변인 역할을 해 줄 것이다. 저녁 여덟 시 TV 메인 뉴스를 마주하고 앉은 내 형수의 얼굴이 볼 만할 것 같다. "내가 누누이 말했잖아. 당신 동생은 정신병자야!" 뿌듯하여라. 내 덕에 알리시아는 난생 처음으로 MTV가 아닌 다른 채널을 보게 될 것이다. 그래도 다들 날 원망할 테지.

이제부터는 앞으로 벌어질 장면들을 상상하는 기쁨을 마음껏 누려보아도 좋을 것 같다. 얼마 후면 난 사라질 것이고 그러면 내가 사람들 사이에 일으킨 거대한 분노를 즐길 수 없을 테니까. 살아생전에 사후에 얻게 될 명성을 만끽하는 데에 글을 쓰며 예상하는 방법보다 더 좋은 게 없다.

우선 부모님의 반응. 아버지는 이렇게 말씀하실 것이다. "우리 둘째아들이 특별하다는 걸, 내 진작부터 알고 있었지. 녀석이 날 닮았어."

그러는 동안 어머니는 나의 운명을 예견하던 추억들을 끄집어내어 그럴듯하게 살을 붙이고 계실 테고. "그애가 여덟 살 때, 레고로 비행기를 만들어서는 오두막 모형에 던져 버리더라고요."

누나는 누나대로 측은한 마음에 어릴 적 이야기를 풀어 놓을 것이다. 이번 일과 어떤 관련이 있는지 아무리 생각해도 알 수 없는 이야기들을. "사탕을 주면 손 안에 넣고 한참을 들여다보다가 먹곤 하는 아이였어요."

형수가 말할 기회를 준다는 가정하에, 형은 내 이름을 들먹이며 예상했어야 하는 일이라고 말하겠지. 하긴, 형의 그런 지적이 전혀 근거 없는 건 아니다.

내가 엄마 뱃속에 있을 때, 부모님은 내가 딸이라는 확신을 갖고 '조에'라는 이름을 고르셨다.

"정말 예쁜 이름이야. 게다가 그 의미가 '삶'이라니!"

두 분은 그 이름을 골라놓고 기쁨에 겨워하셨다. 그리고는 여동생이 생긴다는 기대에 부푼 내 누나 클로에에게 이렇게 말씀하셨다.

"너희 둘 이름에 돌림자를 쓸 수 있게 되었구나."

형 에릭, 즉 당신들의 큰아들이 워낙 점잖았기에 더 바랄 것이 없었던 부모님은 아들이 한 명 더 생기면 너무 과할 것 같다는 생각을 하고 계셨다. 조에는 사랑스러운 클로에의 사이즈만을 줄여놓은 판박이여야 했다.

나는 양 다리 사이에 부모님의 기대를 저버리는 물건을 달고 태어났다. 두 분은 그 일을 유쾌하게 받아들였다. 그러나 조에라는 이름에 대한 집착이 너무나 강했던 나머지 어떻게 해서라도 조에의 남성형을 찾으리라고 결심을 했다. 그리하여 낡아빠진 사전에서 발견한 조일이라는 이름을 그 의미가 무엇인지 알아볼 생각도 하지 않고 내 이름으로 붙여주었던 것이다. 오죽하면 같은 이름을 가진 사람을 한 번도 본 적이 없을까.

나는 로베르 인명사전에 나와 있는 조일이라는 이름에 대한 설명 여섯 줄을 달달 외웠다. 〈조일(그리스 식으로는 조일로스) ; 그리스의 소피스트(암피폴리스 혹은 에페소스, ~4세기)(BC 5세기~4세기, 그리스에서 변술론 등을 가르치던 지식인들—옮긴이). 호머에 대한 혹평으로 특히 유명하여 "호메로매스택스(호머의 재난)"라는 별명을 얻었다. 동명의 작품에서 그는 상식의 이름으로 호머 작품의 불합리성을 증명해보이려는 시도를 했다고 전해진다.〉

이 이름이 관용구에도 사용되는 모양이었다. 자신의 천재성을 믿어 의심치 않던 괴테는 자신의 작품을 혹평하는 비평가들을 '조일로이'라고 칭했다.

문헌학 사전을 읽어보니 조일은 『오디세이아』에 대한 그의 혹평에 심사가 뒤틀린 군중들이 던진 돌에 맞아 죽었다고 되어 있었다. 어떤 작품을 지극히 사랑하는 문학 애호가들이 비위에 맞지 않는 비평가를 서슴없이 찔러 죽이던 영웅적인 시대에나 가능한 일이었다.

어쨌든 조일은 밉살스럽고도 어리석은 멍청이였다. 그

러니 발음도 이상한 이 이름을 자식에게 붙여줄 부모가 없는 것도 당연했다. 물론 우리 부모님만 빼고.

열두 살 때, 상서롭지 못한 이 동명이인을 알게 된 나는 아버지에게 설명을 요구했다. 아버지는 "요즘 그런 걸 알고 있는 사람이 어디 있느냐."며 위기를 모면하려고 하셨다. 엄마는 오히려 한술 더 떴다.

"그런 한심한 소릴 믿는다고?"

"엄마, 사전에 나와 있는 이야기란 말예요!"

"사전에 나온 걸 다 믿는다면……"

"당연히 믿어야죠!"

나는 무슨 장군이라도 된 것처럼 단호한 목소리로 엄마에게 말했다.

엄마는 재빨리 화제를 바꾸었다. 의도가 불순한 것이 거의 재난 수준이었다.

"그 사람 말이 꼭 틀렸다고만은 할 수 없잖아. 『일리아스』를 봐라. 지겹게 길잖니."

엄마에게서 『일리아스』를 읽어 본 적이 없다는 고백을 받아낼 방법은 없었다.

아들에게 소피스트의 이름을 붙여주려면 고르기아스나 프로타고라스나 제논 같은 이름을 붙여줄 것이지. 빛

나는 지성으로 사람들을 꼼짝 못하게 했던 소피스트들이 얼마나 많은데. 그 중에서도 제일 멍청하고 무시당하던 자의 이름을 물려받은 나에게 찬란한 미래가 있을 리 만무했다.

열다섯 살에, 나는 내 운명을 거스르기 위해 맨손으로 황소의 뿔을 잡았다. 호머의 작품을 다시 번역하기로 마음먹었던 것이다.

11월에 한 주간의 방학이 있었다. 부모님은 시골 숲속에 허름한 오두막을 한 채 가지고 있었다. 우리 가족이 가끔 쉬러 가곤 하는 곳이었다. 나는 그 집의 열쇠를 달라고 했다.

"거기서 혼자 뭘 하려고?" 아버지가 물었다.

"『일리아스』와 『오디세이아』를 다시 번역할 거예요."

"이미 훌륭한 번역이 있잖니."

"알아요. 하지만 직접 번역을 하면 그 작품과 나 사이에 읽는 것만으로는 얻을 수 없는 강력한 유대감이 생길 거예요."

"너와 이름이 같은 그 유명한 소피스트에게 반박을 하려는 거냐?"

"모르겠어요. 그 사람을 판단하기 전에 일단 호머의 작품을 완벽하게 알아야 할 것 같아요."

기차로 마을에 도착한 나는 숲속 집을 향해 걸었다. 십여 킬로미터 정도 되는 거리였다. 배낭 안에 넣은 낡은 사전과 저명한 책 두 권의 묵직한 무게가 느껴지자 기분이 마구 들떴다.

숲속 집에 도착한 건 금요일 늦은 밤이었다. 오두막 내부에는 냉기가 감돌았다. 나는 벽난로에 불을 피우고 불가에 놓인 1인용 안락의자에 담요를 펼친 다음 그 위에 쪼그리고 앉았다. 추위 때문에 정신이 점점 아득해지더니 결국 잠이 들고 말았다.

흠칫 놀라 잠을 깨 보니 새벽이었다. 어둑한 가운데 타다 남은 장작불이 붉은 빛을 발하고 있었다. 나를 기다리고 있는 일들을 생각하니 흥분으로 온몸이 짜릿짜릿했다. 열다섯 살 나이에 아흐레 동안 완벽하게 홀로 지내며 온 힘을 다해 역사상 가장 위대한 작품을 파고들 작정을 했으니. 나는 벽난로에 장작을 하나 더 던져 넣고 커피를 끓였다. 그리고 불가에 작은 탁자를 가져다놓고 사전과 책들을 올려놓았다. 자리를 잡고 앉은 나는 새 공책을 펼치고 아킬레스의 분노 속으로 뛰어들었다.

가끔씩 책에서 고개를 들고 잠시 황홀에 겨워 몸을 떨었다. "얼마나 어마어마한 일이 일어나고 있는지 알아? 의식을 단단히 붙잡아 둬야 해." 나는 내 자신에게 수도 없이 이렇게 말했다. 의식은 명료하다 못해 또렷또렷했다. 날짜가 흘러도 나의 과도한 흥분상태는 가라앉지 않고 계속되었다. 결코 만만치 않은 그리스어가 애드립을 구사하며 최고의 사랑을 쟁취하고야 말겠다는 나의 결심에 자꾸자꾸 생기를 불어넣었다. 그러다가 불완전한 번역문을 노트에 적다 보면 훨씬 더 번역이 잘된다는 사실을 깨닫게 되었다. 글을 쓰면 구체적인 생각이 몸의 각 부분으로 전달되었다—글쓰기에 반응하는 몸은 목과 어깨와 오른팔로 이루어져 있었다— 그렇다면 두뇌를 몸 전체로 확장시켜 볼 수 있을 것 같았다. 의미가 명확하게 파악되지 않는 구절을 만나면 왼발과 무릎과 왼손으로 장단을 맞춰가며 여러 번 낭송을 했다. 아무 일도 일어나지 않았다. 목소리를 점점 높여보았다. 역시 아무 일도 일어나지 않았다. 이렇게 지루한 전쟁을 이어가던 중에, 화장실에

가고 싶어졌다. 그런데, 볼일을 보고 오니 그 구절이 저절로 번역되어 있는 것이 아닌가.

처음에는 너무 놀랐다. 원문을 이해하려면 오줌을 눠야 한다는 거야? 이 길고 긴 책을 모두 번역하려면 도대체 물을 몇 리터나 마셔야 하는 거지? 그러나 곧 배뇨는 이 일과 전혀 상관이 없다는 사실을 깨달았다. 효과를 낸 건 화장실까지 옮긴 몇 걸음이었다. 나는 내 다리에 구조 요청을 했던 것이다. 해결책을 찾으려면 다리를 움직여야 했다. 역시 '일이 잘 진행進行된다'라는 표현에는 부연설명이 필요 없었다. 행行이라는 말 자체에 걷는다는 뜻이 들어 있으니까.

이리하여 나는 해질녘 숲속을 산책하는 습관을 들이게 되었다. 나무들이 만들어내는 커다란 그림자와 냉랭한 공기에 기분이 산뜻해졌지만 나를 둘러싼 모든 것들이 내게 적의를 품은 것만 같은 느낌을 떨쳐버릴 수 없었다. 거대한 적에 맞서 싸워야 할 것만 같은 느낌. 아리스토텔레스는 제자들과 함께 산책을 하며 강의를 했다지? 그렇다면 나는 번역계의 소요학파逍遙學派다. 산책을 통해 두뇌에 모자란 에너지를 채운 나는 오두막집에 돌아와 원고의 빈칸을 채워나갔다.

아흐레라는 기간은 턱없이 부족하여 『일리아스』의 절반도 번역하지 못했다. 그럼에도 불구하고 나는 대단한 성취감으로 충만한 채 집으로 돌아왔다. 영원히 나와 호머를 연결해줄 지고지순한 사랑을 경험했던 것이다.

그 후로 이십오 년이 흘렀고 이제 난 호머의 시를 단 한 구절도 암송하지 못한다. 그러나 내 기억 속에는 가장 중요한 것이 간직되어 있다. 나를 전율시켰던 그 어마어마한 에너지와 전속력으로 회전하며 자연 전체를 총동원시키던 두뇌의 풍부한 능력이. 열다섯 살에는 지적 열정이 맹렬히 불타오른다. 중요한 것은 그것을 잡을 수 있느냐 없느냐 하는 것이다. 그러나 이런 열정은 떠돌이 혜성 같아서 다시는 돌아오지 않는다.

학교에 돌아간 나는 반 친구들에게 내가 경험한 이야기를 하려고 했다. 아무도 귀를 기울이지 않았다. 놀랄 일은 아니었다. 원래부터 난 누군가의 관심을 불러일으키지 못하는, 단 한 번도 관심의 대상이 되어 본 적이 없는 아이였으니까. 내겐 카리스마라는 것이 없었다. 이젠 그것 때문에 괴로워했던 것이 후회스럽지만 말이다. 카리스마가 있었던들, 그게 무슨 소용이 있었을까? 내가 호머와 단둘이

며칠을 보냈다는 사실에 유치한 고등학생들이 감동을 먹을 것이라는 기대는 애초부터 하지 않는 편이 나았다. 하긴, 그 녀석들을 감동시켜서 뭘 하겠다고.

사춘기 땐, 자신의 영향력에 대해 잔인할 정도로 집착한다. 과연 난 어느 쪽에 속한 인간인가. 빛? 아니면 어둠? 차라리 내가 선택을 할 수 있는 것이었다면 얼마나 좋았을까만 그럴 수가 없다는 것이 문제였다. 뿐만 아니라, 내가 무엇 때문에 그림자로 밀려나게 되었는지 알아낼 수가 없었다. 차라리 내가 그 쪽을 택했다고 생각하면 마음이 편하련만.

아무튼 나도 남들과 마찬가지로 카리스마 있는 친구들을 동경했다. 프레드 와르뉘나 스티브 카라반 같은 친구들이 입을 열기만 하면 나는 그 녀석들의 카리스마에 주눅이 들었다. 그애들의 어디가 그렇게 매력적이었는지 설명할 수는 없었지만, 그 매력에 정신없이 빠져들고 말았던 것이다. 이해할 수 없는 상황이 나를 더더욱 당혹스럽게 만들었다.

서유럽에 사는 우리는 오랫동안 전쟁을 겪지 않았다. 연장된 평화를 누린 세대는 죽음의 신이 휘두르는 낫을 다른 방식으로 규정했다. 매해 평범함에 패배한 희생자들의 묘비에는 헤아릴 수 없이 많은 이름이 올라갔다. 그들은 현실에 굴복하지 않은 자, 전투를 피하지 않은 용감한 자들이었다. 탈영병들과는 질적으로 달랐다. 그 중에서도 열다섯 살짜리 십대들은 살아 있는 신이라 불러 마땅했다. 그냥 하는 소리가 아니다. 전쟁터에 나간 사춘기 소년이 싸우는 모습은 정말 장관이다. 특히 와르뉘와 카라반은 신성한 불처럼 타닥타닥 소리를 내며 기세 좋게 타올랐다.

열여덟 살에, 와르뉘는 무릎을 꿇고 말았다. 대학에 입학을 하고 며칠 지나지 않아 내 친구의 빛나는 지성은 아무개 교수 혹은 아무개 박사의 구닥다리 이론을 답습하는 데에 질려버리고 만 것이다. 카라반은 그나마 조금 더 버텨 주었다. 이 친구는 블루스의 대가들에게 한 수 지도를 받겠다고 호언장담을 하며 뉴올리언스로 떠났다. 언젠가 그의 연주를 들을 기회가 있었는데, 그때 난 온몸에 소름이 돋는 경험을 했다. 그런데 서른 살 때던가, 슈퍼마켓에 갔다가 우연히 카트가 넘칠 만큼 맥주를 담아 가지고 가는 그 친구와 마주쳤다. 그는 무안해하는 기색도 없이 카트를 가리키며 내게 말했다. 블루스가 제 목구멍에 이만큼 차올랐다고, 그리고 현실을 깨닫고 '주제 파악'을 하게 된 것이 오히려 다행이라고. 나는 차마 그렇게 된 것이 맥주 때문이 아니었냐고는 묻지 못했다.

자신이 보잘것없이 평범한 인물이라는 사실을 확인하기 위해 반드시 사회적·직업적인 경험을 할 필요는 없다. 평범함은 그보다 훨씬 더 은밀한 방식으로 상대를 장악한다. 열다섯 살 때 신과 동격으로 보이던 친구 녀석들을 거론했지만, 죽음의 신이 반드시 엘리트를 골라 공격하는 것은 아니다. 모르는 사이에, 아니면 뻔히 알면서도 우리 모두는 전장으로 내몰린다. 그리고 수천 수만 가지 방식으로 철저히 패배한다.

희생자들의 명단은 그 어디에도 공개되어 있지 않다. 아무도 누가 그 명단에 올라 있는지, 심지어는 내 이름이 들어 있는지조차 확실하게 알 수가 없다. 그럼에도 불구하고 그런 전쟁터가 존재하고 있다는 사실에 의심을 품을 수는 없다. 마흔 살이 되면 살아남은 자들의 수는 너무나도 적어 비극적인 감정에 휘말리게 된다. 마흔 살, 상복을 입을 나이다.

나는 내 자신이 평범하다고는 생각지 않는다. 그러기 위해서 어느 정도의 경각심을 가지는 덕분에 언제나 경계를 성공적으로 유지해 왔다. 그 중에서도 가장 효과가 높았던 것은 누군가의 몰락을 기뻐할 틈이 있으면 차라리 거울을 들여다보는 것이 낫다는 믿음이었다. 타인의 평범함을 즐기는 것이야말로 평범함의 극치다.

내가 알던 이들이 몰락했다는 소식을 들으면 난 진정으로 가슴이 아파온다. 그것도 내가 지켜온 능력의 하나이다. 최근에 대학 시절 아주 친하게 지냈던 로라를 만났다. 나는 눈부신 미모로 뭇 남학생들의 마음을 설레게 했던 비올레트의 소식을 물어보았다. 그랬더니 로라는 신이 나서 비올레트가 살이 30킬로그램이나 불어난 뚱녀가 되었으며 주름이 자글자글한 게 마귀할멈이 따로 없다고 대답했다. 그 좋아하는 모습을 보니 등골이 오싹해졌다. 로라는 오히려 스티브 카라반의 음악인생이 막을 내린 것에 대해 아쉬워하는 나를 딱하게 쳐다보았다.

"그게 뭐가 어때서?"

"너도 스티브를 잘 알잖아. 그렇게 재능이 많던 친구가 음악을 그만두었다니까 아쉬워할 수밖에."

"천재인 척해 봤자 별수 있겠니? 밀려드는 청구서들을 갚을 능력이 없으면 끝장인 거지."

그 말 자체보다 더 끔찍했던 건 그녀의 말 한 마디 한 마디에서 배어나오는 신랄함이었다.

"그럼, 넌 스티브가 천재인 척했다고 생각하는 거냐? 걔가 정말 천재일 거라고는 생각해보지 않았어?"

"재능은 좀 있었겠지. 다들 뭔가 하나씩 재능을 가지고 있으니까."

더 계속해 보았자 아무런 의미가 없을 것 같았다. 그때 나는 깨달았다. 꽉 막힌 사람들의 이야기를 참고 듣는 것만 해도 이미 쉬운 일이 아니지만, 그 설교 뒤에 감추어진 엄청난 증오가 드러날 땐 더 이상 용서가 되지 않는다는 것을.

증오. 드디어 이 단어를 내뱉고 말았다. 몇 시간 후면 비행기 한 대가 폭발한다. 나의 손에 의해. 내 나름대로 조심을 하려 하지만 사망자는 최소한 백 명에 이를 것이다. 무고한 희생자. 정말 아무런 사심 없이 하는 말이다. 내가 감히 어떻게 타인의 증오에 오명을 씌우겠는가?

이 글을 쓰는 건 순전히 내 자신을 위해서다. 나는 테러리스트가 아니다. 테러리스트에게는 요구사항이 있다. 나로 말하자면 그런 건 전혀 고려하지 않는다. 나는 자신의 분노에 그럴 듯한 변명을 붙이는 그런 사기집단과 달라도 한참 다르다.

나는 증오를 증오한다. 내 안에 불타오르는 이 증오가 강하게 느껴진다. 물어뜯긴 상처를 통해 핏속에 스며들어

뼛속까지 감염을 시키는 독액과도 같은 증오의 속성을 나는 잘 알고 있다. 내가 이제부터 하려고 하는 행위는 증오에 대한 순수한 표현이다. 테러를 할 계획이었다면 나는 내 증오를 그럴 듯하게 포장했을 것이다. 범국가적이거나 정치적이거나 종교적인 이유를 달아서. 감히 말하건대 나는 괴물이다. 더도 덜도 아닌 한 마리 괴물. 나의 증오에 어떤 원인이나 목표를 부여할 생각은 없다. 미화하고 싶은 마음도. 무엇이 되었건 파괴행위에 어떤 동기를 부여하여 포장한다는 것은 생각만 해도 역겹다.

트로이 전쟁 이후로 사람들을 속이기가 쉽지 않아졌다. 우리는 죽이기 위해 죽이고 불 지르기 위해 불 지를 뿐, 정당성을 찾으려 애쓰지 않는다. 이 글 역시 합리화를 하기 위한 시도가 아니다. 하기야, 어차피 읽히지도 않을 테니. 나는 다만 모든 것을 분명히 해 두고 싶다는 지극히 개인적인 욕망에서 글을 쓰기 시작했다. 미리 계획을 하긴 했지만 내가 저지르려고 하는 범죄는 백 퍼센트 충동적인 것이다. 증오를 순수하게 폭발시킬 수 있다면 그것으로 충분하다. 맥이 빠져버린다든지 잊어버린 척 썩혀버리지 않을 수 있다면.

내가 죽은 후, 사람들은 나를 내가 아닌 모습으로 기억

할 것이다. 이해받지 못해도 좋다. 그런 사람들은 내게 하찮은 존재일 뿐이니까. 그러나 악이라는 놈에게도 나름대로의 위생관념이 있는지, 놈은 비행기 폭파 이후에 내게 붙여질 수식어에 대해 내 입으로 말하라고 내 등을 떠밀고 있다. 그렇다. 난 나쁜 놈, 저질, 미친놈, 인간쓰레기라 불릴 것이다. 테러리스트를 제외한 모든 악랄한 표현이 동원되겠지. 거참, 매력적인걸.

이 일로 내 인생에 어떤 의미를 부여할 생각도 없다. 내 인생은 충분히 의미 있는 것이었으니까. 고백하자면, 나는 자신이 존재하는 이유를 몰라 고통스럽다는 사람들이 너무나도 많다는 사실에 충격을 받았다. 물론 그 말을 믿어야 할지에 대해서는 고민을 좀 해 보아야겠지만. 그런 사람들을 보면 옷들로 꽉꽉 채워진 옷장 앞에서 입을 만한 옷이 하나도 없다고 투덜대는 철딱서니 없는 여자들이 떠오른다. 살아간다는 아주 단순한 행위 자체에 이미 하나의 의미가 들어 있다. 또, 이 지구 위에서 산다는 것도 하나의 의미를 가진다. 다른 사람들과 함께 살아간다는 것, 그것으로도 의미가 하나 더 추가된다. 더 계속할 필요는 없다고 본다. 자신의 인생에 의미가 없다니, 농담이 지나친 거다. 나로 말하자면, 지금까지 살아오는 동안 목적이라는 것이 없었다고 하는 편이 더 정확하겠다. 그래도 난 잘 살아왔다. 대단히 '자동사적인' 삶이었다. 그것도 완전자동사적인. 나는 앞으로도 오랫동안 아무 불만 없이 잘 살 수 있었다. 그런데 그만, 운명이 나의 발목을 잡고 말았다.

운명은 어느 아파트 지붕 밑에 살고 있었다. 십오 년 전부터 나는 새로 이사를 온 사람들의 에너지 문제를 해결해 주는 일을 업으로 삼아왔다. 그들이 부탁하기도 전에 말이다. 사람들이 이사를 오면—복잡한 과정은 그냥 넘어가기로 한다—내가 직원 비슷하게 몸담고 있는 전력공사, 가스공사의 지시대로 계량기를 점검하고 고지서를 발부할 이름을 확인하는 것이 나의 일이다. 그러다 보니 나는 불안정이라는 단어와 좀 어울리지 않는 사회적인 위치에 놓이게 되었다. 활동영역은 파리였다. 나는 나름대로 새로 이사 온 사람들이 이 도시에 살 만한 사람인지 아닌지 가늠해볼 수 있게 되었다.

그나마도 부끄러운 건 아는지, 집상태가 계속 엉망진창일 것이라고 말하는 사람은 아무도 없었다. "아시다시피 방금 이사를 와서." 이해한다. 하지만 개선이 되는 경우는 거의 없다는 사실을 난 이미 알고 있다. 유일한 변화는

잡동사니들을 쌓아올려 엉망진창이었던 원래 상태를 덮어버리는 것뿐이리라는 사실도.

의외의 사람들을 만날 수 있도록 해 주는 이 직업이 마음에 든다는 것이 나의 공식적인 입장이다. 뭐, 허튼소리만은 아니다. 그러나 이 일을 함으로써 나의 타고난 무례함을 만족시킬 수 있다고 하는 편이 좀더 정확할 것 같다. 나는 보통 사람들의 삶이 펼쳐지는 현장을 탐험하는 것이 좋다. 인간이 서서히 적응해가는 어처구니없을 정도로 허접한 집들을.

나의 호기심은 호기심일 뿐, 누군가를 경멸하려는 의미는 눈곱만큼도 없다. 내 집을 봐도 꼴이 말이 아니니까. 그저 사소하지만 쉽사리 털어놓을 수 없는 비밀을 지적하고 싶은 것뿐이다. 바로 우리 인간이라는 종의 생활환경이 시궁창 쥐보다 나을 것이 없다는 사실이다. 광고나 영화 속의 인물들은 으리으리한 집과 잘 꾸며진 방에서 생활한다. 이 생활도 어언 십오 년째지만, 나는 지구상에서는 절대로 불가능한 그런 훌륭한 환경으로 이사하는 사람을 단 한 명도 본 적이 없다.

12월의 그 날에는 몽토르괴이 지역에 새로 이사를 온 어느 여자의 집에 가기로 약속이 잡혀 있었다. 서류에는 그 여자의 직업이 소설가라고 되어 있었다. 그런 직업을 가진 사람을 심사한 적이 한 번도 없었던 나로서는 마냥 들뜰 수밖에 없었다.

놀랍게도 나를 맞아준 여자는 한 명이 아니라 두 명이었다. 한 명은 약간 정상이 아닌 듯해 보였는데 소파에 웅크리고 앉아 일어나지도 않은 채 콧소리로 내게 인사를 했다. 매력적이고도 생기 넘치는 또 한 여자가 나에게 안으로 들어오라고 했다. 그녀의 세련된 말투며 행동이 집 상태와 확연한 대조를 이루었다. 지붕 밑 아파트는 난방이 정말이지 전혀 되고 있지 않았다.

"이런 데서 어떻게 사십니까?" 몸이 얼어붙을 것만 같은 추위에 기겁을 한 내가 물었다.

"보시다시피." 그녀가 자신과 소파 위에 앉아 있는 비정상의 기이한 복장을 가리키며 이렇게 대답했다.

두 여자는 열다섯 벌 정도의 털스웨터를 껴입은 위에 그만큼의 외투를 덧입고 목도리와 모자로 무장을 하고 있었다. 비정상은 히말라야 산에 산다는 눈사람을 잡아다 앉혀놓은 것 같았지만 미녀는 그런 옷차림 속에서도 우아한 분위기를 풍겼다. 순간, 나는 혹시 이 두 여자가 커플이 아닐까라는 생각을 했다. 내 무언의 질문에 대답이라도 하려는 듯, 비정상이 침을 부글거리며 방울을 만들기 시작했다. 아니로구나. 이 둘이 커플일 리는 없다. 그렇게 나는 마음을 놓았다.

"그래도 어떻게 견딜 만한가 보죠?"

바보처럼 나는 이렇게 묻고 말았다.

"선택의 여지가 없는걸요."

그런 사람들이 으레 그렇듯 비정상의 나이를 가늠할 수는 없었다. 미녀는 스물다섯에서 서른 살쯤으로 보였다. 서류에 적힌 이름은 'A. 말레즈'였다.

A라면, 아가트? 안나? 오레리아? 오드레?

이름이 뭐냐고 물어볼 엄두는 나지 않았다. 실내를 여기저기 둘러보던 나는 화장실 물이 얼지 않은 것을 확인하고는 깜짝 놀랐다. 아파트 내부 온도는 십 도쯤이었다. 그것만 해도 낮은 온도임에 틀림없었지만 느낌상으로는 영하 십 도쯤 될 것 같았다. 무엇 때문일까? 천장을 올려다보니 거의 전체가 유리로 되어 있었다. 단열이 형편없어서 끊임없이 새어들어오는 외풍에 뼈가 시린 것이었다. 대충이나마 공사 견적을 내 보니 몇천 유로는 족히 들어갈 것 같았다. 더 심각한 건, 지붕을 들어내야 하기 때문에 여름이 오기 전에는 공사를 시작할 수조차 없다는 점이었다.

내가 그런 이야기를 하자 미녀가 웃음을 터뜨렸다.

"몇천 유로는 고사하고 몇십 유로도 없는데요. 이 아파트를 사느라 우리가 가지고 있던 돈을 모두 털었거든요."

'우리'라. 그럼 자매인 모양이로군.

"대출을 받아서 공사를 시작하고 부모님 집에 잠깐 가 계시면 될 텐데요."

"부모님이 안 계세요."

가슴이 아려왔다. 한 명은 보호시설에 들어가야 할 지경인데, 이토록 용감하게 버티고 있는 고아 자매라니.

"이 상태로 겨울을 날 수는 없어요."

"그럴 수밖에 없는걸요. 달리 해결책이 없으니까."

"제가 복지시설에 자리를 알아봐 드릴게요."

"말도 안 돼요. 그리고 언제 우리가 불편하다고 했나요? 우린 아무런 부탁도 하지 않았어요. 그쪽이 업무 때문에 찾아오신 거지."

그녀의 방어적인 말투가 내 심장을 오그라들게 했다.

"밤에는 어떻게 주무십니까?"

"주전자에 끓는 물을 받아놓고 이불 속에서 둘이 꼭 붙어 있지요."

그제서야 나는 비정상의 존재이유를 알 수 있었다. 그녀는 보온용이었던 것이다. 이 일을 하면서 얻은 둘도 없이 소중한 미덕이 있다면 모든 인간에게는 저마다 중대한 역할이 맡겨져 있다는 것이다.

여자의 자존심이 내 마음에 들었다. 나는 마지막으로 가진 것 전부를 걸어보기로 했다.

"도움을 드리지 않고는 제가 이 집에서 나갈 수 없습니다. 뭔가 방법이 있을 거예요."

"어디 말씀해보시죠."

"전기 난방기를 가져다드릴 수 있어요. 물론 공짜로."

"우리가 그 전기료를 감당할 수 없을 거예요."

"전력공사 측에서 이런 문제에 대비해 예산을 세워두고 있답니다."

"우린 생활보호대상자가 아닌데요."

"아가씨의 뜻은 잘 알겠어요. 하지만 만성 기관지염에 걸리실 수도 있고 그게 잘못되면 늑막염이 된다고요. 요즘 그런 경우가 점점 더 늘어나고 있거든요."

"우린 둘 다 아주 건강하답니다."

여자의 태도가 싸늘해졌다. 나는 이제 그만 떠나야 할 때가 되었음을 깨달았다. 고집을 피워 얻어낸 것은 천장에 대형 비닐 방수포를 대러 다시 한 번 방문을 해도 좋다는 허락뿐이었다.

"보기 흉할 텐데."

"하지만 잠시 동안만 그렇게 하고 있으면 돼요."

나는 화해의 의미로 미소를 지어보였다.

그녀에게 물어보고 싶어 미칠 것 같은 질문들은 다음 만남으로 미뤄두기로 했다.

밖으로 나오자마자 나는 레알에 있는 프낙 서점으로 달려가 A. 말레즈의 소설을 찾았다. 그러다가 알리에노르 말레즈의 『공포탄』이라는 작품을 발견했다. 알리에노르.

너무나 아름다워서 감히 소리 내어 불러볼 수조차 없는 이름이었다.

그 소설을 읽고 나자 약간 겁이 나면서 과연 공포탄이 실탄보다 덜 위험한 건 어떤 점에서일까라는 의문이 들었다. 나로서는 거기에 대한 대답을 할 수 없었을 뿐더러 그 소설이 좋았는지 아니었는지도 알 수가 없었다. 미간에 독화살을 맞는 게 좋은 건지, 다리에 상처가 난 채로 상어들 사이로 헤엄을 치는 게 좋은 건지도 알 수 없는 것처럼.

그럴 바에는 아예 긍정적인 면에 집중을 하는 것이 나을 것 같았다. 그랬더니 책을 다 읽고 났을 때 마음이 굉장히 편안해졌다. 물론 쉽게 읽히지는 않았다. 문학적인 이유 때문은 아니었다. 아무튼 책표지에 작가 사진이 들어 있지 않다는 점도 주목할 만했다. 출판사마다 겉표지에 대문짝만 한 작가의 얼굴을 경쟁적으로 박아 넣는 이런 시대에. 그런 사소한 점이 나를 더욱더 기쁘게 했다. 판매고를 올리는 데에 도움이 될 말레즈 양의 매혹적인 얼굴을 내가 알고 있다는 생각을 하니 흐뭇함이 배가 되었다. 저자 소개란에는 작가의 나이에 대한 언급도 없이 그저 그녀가 동시대 작가들 중에 가장 유망하고 재능이 넘치는 작가라는 점만이 강조되어 있었다. 이런 모든 것을 놓고 종합해 보니 이 책의 수준이 상당하다는 결론을 내릴 수 있었다. '작가의 다른 작품' 안내 덕분에 나는 이 소설이 그녀의 첫 작품이 아니라는 사실을 알았다. 『마취도 없이』, 『생체 내에서』, 『불법침입』, 그리고 『최종단계』 이렇게 이미 네 편의 작품이 출간되어 있었다. 나는 마음속으로부터 사모하는 여인이 제시한 어려운 시험을 통과했다는 생각에 의기양양해하다가 앞으로 넘어야 할 고비가 네 개나 버티고 있다는 것을 알게 된 중세 기사가 느꼈을 법한 절망감에 빠졌다.

    나는 그녀의 책들을 동네 서점에 주문해놓고 다음 약속 날을 목 빠지게 기다렸다. 책을 가져가서 사인을 해 달라고 할까? 별로 좋은 생각이 아닐까? 만약 내가 작가라면 누군가가 내게 그렇게 해 주기를 바랄까? 무례하게 비칠까, 아니면 친해질 수 있는 계기가 될까? 혹시 그녀가 나의 그런 행동을 사생활 침해라고 생각하지 않을까? 나는 내가 사회생활을 하며 지켜오던 어떤 선을 벗어난 예의에 관한 문제들에 대해 고민을 하며 머리칼을 쥐어뜯었다.

그 날이 오자 나는 마음의 결정을 하지 못한 채 『공포탄』을 배낭 안에 넣었다. 알리에노르. 얼마나 집중했는지 이젠 그 이름이 마치 다이아몬드처럼 내 귓전에 짤랑거렸다. 그렇지만 그녀의 이름을 대놓고 부르지는 말아야 했다. 그런 욕구를 억눌러야 한다는 것은 아름다운 음악이 간절하게 필요할 때 드뷔시의 곡을 연주해 준 하프 연주자에게 감사의 표현을 하지 못하고 참아야 하는 것만큼이나 어려울 것 같았다.

알리에노르가 나를 정중하게 맞아주었다. 그런 그녀의 태도에 나는 오히려 불편해졌다. 비정상은 역시 소파 위에 자리를 잡고 앉아 김이 모락모락 나는 죽을 냄비째로 먹고 있었다. "몸이 따뜻해진다." 그녀가 어눌한 소리로 말했다. 나는 고개를 끄덕여보이고는 일을 시작했다. 방수포를 씌우는 일은 생각했던 것보다 쉽지 않았다. 나는 일을 거들어주는 알리에노르에게 그녀가 도와주지 않았다면 외풍이고 뭐고 중도에서 포기를 했을 거라고, 나중

겨울 여행

에 사람들을 데리고 다시 왔을 거라고 말했다. 솔직한 심정이었다.

"보세요. 그렇게 흉하지 않잖습니까." 일을 마치고 나서 나는 이렇게 말했다.

"비닐을 통해서 보는 것보다 그냥 보는 하늘이 더 좋은데. 언제 걷어낼 수 있나요?"

"좀 참으세요! 이제 막 덮었을 뿐이잖아요. 제가 그쪽 입장이라면, 4월 말까진 손도 대지 않겠습니다."

나는 비닐 방수포를 담았던 커다란 가방에서 열판이 달린 초소형 전기 난방기를 꺼냈다.

"이제 외풍이 없으니까 난방을 해도 웬만큼 효과가 있을 겁니다. 이 난방기는 라디에이터식보다 전기를 훨씬 덜 먹어요."

"전 이런 것 가져다 달라고 부탁한 적 없어요."

"꼭 쓰지 않으셔도 괜찮습니다. 하지만 저보고 이 물건을 하루 종일 끌고 다니라고 하시진 마세요. 여기에 두고 4월 말에 찾아갈게요. 방수포랑 같이."

그녀가 벙어리장갑을 벗고 난방기를 쓰다듬었다. 마치 내가 은근 슬쩍 떠넘기려고 하는 애완동물을 만지듯이. 그때 내 눈에 그녀의 한쪽 손등에 난 상처가 들어왔다. 나는 비명을 지르지 않을 수 없었다.

"아무것도 아니에요. 자는 동안 주전자가 터졌지 뭐예요. 손만 다쳤으니 얼마나 다행인지 몰라요."

"병원에는 가 보셨습니까?"

"그럴 필요 없어요. 물집 때문에 심각해 보이는 것뿐이지, 별거 아녜요."

그녀가 벙어리장갑을 다시 꼈다. 아파트 안이 얼마나 추운지 공기에 각을 잡아 뚝뚝 잘라낼 수 있을 것만 같았다. 이 여자를 얼음장 같은 감옥에 내버려두어야 한다는 생각을 하니 가슴이 미어졌다.

"이런 곳에서 어떻게 글을 쓰십니까?"

"알리에노르! 이분이 자기한테 물어볼 게 있으신가봐!"

비정상이 놀란 표정으로 나를 쳐다보았다. 하지만 나보다 더 놀란 것 같지는 않았다. 뭐야? 소설가가 저 여자였단 말이야?

"이런 곳에서 어떻게 글을 쓰십니까?" 나는 비정상의 입가에 덕지덕지 묻은 죽을 쳐다보면서 다시 한 번 말했다. 등골이 오싹했다.

"난 여기가 좋아." 그녀가 우물우물 겨우 알아들을 수 있는 소리로 대답했다.

나는 충격받은 얼굴을 보이지 않기 위해 배낭을 놓은 곳으로 가 책을 꺼내 왔다.

"이것 좀 봐. 이분이 네 책을 가져오셨어. 사인을 해 드리지 않을래?"

비정상이 좋다는 뜻으로 추정되는 알아들을 수 없는 소리를 냈다. 마음 같아선 미녀에게 책을 주어 전달하라고 하고 싶었지만 용기를 내어 소설책을 펜과 함께 직접 비정상의 손에 들려주었다. 그녀는 내 펜을 한참 동안이나 뚫어져라 들여다보았다.

"이분의 펜이야. 이따가 돌려드려야 해." 이름 모를 여자가 한 마디 한 마디에 힘을 주어 말했다.

알리에노르. 이름의 주인이 누구인지 알게 된 후, 그 이름은 전혀 다른 것이 되어버렸다. 그 이름에서 '에일리언'이 연상되었던 것이다. 그랬다. 그녀는 영화 속의 그 무엇과 닮아 있었다. 그녀를 보기가 괴로운 건 바로 그 이유 때문인 것이 틀림없었다.

"바로 옆에 카페가 있던데, 한 잔 하러 가지 않으시겠습니까?"

나의 제안에 미녀는 비정상에게 카페에 다녀올 테니 그동안 그녀에게 걸맞은 근사한 헌사를 써놓으라고 말했다.

나는 그것이 무슨 의미인지 궁금했다. 좀비 같은 상태의 그녀에게 걸맞은 것은 무엇이고 걸맞지 않은 것은 또 무엇일까.

카페에 자리를 잡고 앉자, 내 눈에 떠 있는 물음표를 읽었는지 그녀가 먼저 말을 시작했다.

"알아요. 그런 작가가 지적장애인이라는 게 믿기지 않으실 테죠. 아니라고 하지 마세요, 그러실 필요 없어요. 맞는 말인걸요. 모욕이라고 생각하지 않아요. 알리에노르는 더딘 사람이에요. 뭘 하나 하려고 해도 엄청난 시간이 걸리죠. 알리에노르의 언어에는 규칙이 없어요. 우리들과는 달라도 한참 다르다고요."

"제가 제일 놀란 건 그런 점이 아닙니다. 책은 너무나 과격한데, 알리에노르는 아주 순하고 착한 것 같더군요."

"착한 작가가 착한 책을 쓰던가요? 정말 그렇게 생각하시는 거예요?"

바보 중의 왕바보가 된 것 같았던 나는 아무 대답도 할 수 없었다.

"잘 보신 점도 있어요. 알리에노르는 유순하고 착해요. 정말 그런 사람이에요. 계산 같은 것도 할 줄 모르고요. 제가 나서서 보호하지 않았다면 출판사 사람들이 단물을 빼먹을 대로 빼먹고 버렸을 거예요."

"그럼, 그쪽이 작가의 에이전트이신가요?"

"그 비슷한 역할을 하고 있어요. 물론 계약서 같은 건 쓰지 않았지만요. 우리가 처음 만난 건 5년 전, 알리에노르의 첫 소설이 출간되었을 때였어요. 전 알리에노르의 글에 푹 빠져서 사인을 받으려고 도서전에 갔어요. 출판사 측에서는 책 뒤표지에 '알리에노르 말레즈는 독특하고도 진정한 작가다. 그녀가 보통 사람들과 다르다는 점은 우리 사회를 풍요롭게 해 주는 은총이다.'라는 문구를 넣어놓았어요. 알리에노르를 보았을 때, 전 충격을 받았죠. 그 이를 데 없는 순진함이 제 눈에 콱 박히는 것 같더라고요. 작은 탁자 앞에 앉아 있던 알리에노르는 사람들이 건네는 책을 받아들거나 뭔가 팔아야 하는 사람 특유의 상업적인 미소를 짓는 대신, 지나가는 사람들의 역겹다는 시선에는 아랑곳도 없이 열심히 코를 파고 있었어요. 얼마를 그러고 있었을까요, 어떤 여자가 알리에노르에게 다가가더니 주먹으로 등을 퍽 하고 때리면서 억지로 펜을 쥐어주는 거예요. 그때 전 깨달았어요. 아, 내가 저 여자를 보호해야겠구나."

"『공포탄』에는 작가가, 저, 그러니까…… 보통 사람들과 다르다는 이야기가 없던데요."

"두 번째 작품부터 제가 못 하게 했어요. 작가의 장애를 책 판매에 이용한다는 것이 제겐 너무나 큰 충격이었어요. 그런 걸 몰라도 작품을 읽는 데에는 아무런 문제가 없잖아요. 장애 사실을 밝히지 못하도록 조치를 했더니, 글쎄 이번엔 책표지에 작가 사진을 싣겠다고 하는 거예요. 결국 그게 그거잖아요. 알리에노르의 얼굴이 다 말해 주니까. 아무튼 전 계속 투쟁을 했어요."

"그리고 성공하셨고요."

"그래요. 제일 힘들었던 건 알리에노르와 연락을 하는 것이었어요. 알리에노르가 연락처를 숨긴 건 아니었어요. 모르고 있었던 거죠. 별다른 방법이 없어서 뒤를 밟아야만 했어요. 그러다가 엄청난 비밀을 알게 되었죠. 담당 편집자가 알리에노르를 비좁은 원룸에 가두어놓고 녹음기와 마이크를 넣어주었던 거예요. 악질 간수 같은 그 여자는 밤마다 원룸에 들러 알리에노르가 녹음해 놓은 테이프를 재생해 들었어요. 그런 식으로 소설을 만들어가고 있었던 거죠. 녹음 내용이 마음에 들면, 먹을 것을 잔뜩 주었고 그렇지 않을 땐 아무것도 주지 않았더라고요. 알리에노르가 먹을 것에 상당히 집착을 하는 편이거든요. 그런데도 편집자가 자기를 공갈협박하고 있다는 사실을 전혀 깨닫지 못했던 거예요."

"천인공노할 일이로군요."

"안타까웠던 건, 저로서도 어떻게 해 볼 방법이 없었다는 거예요. 알리에노르의 부모님을 찾기까지 얼마나 오래 걸렸는지 몰라요. 그분들은 딸이 파리에서 아주아주 잘 살고 있다는 출판사 사람들의 말을 철석같이 믿고 계셨지 뭐예요. 그치들, 『레미제라블』에 나오는 악랄한 떼나르디에 같은 작자들이었어요. 제가 진실을 알려드렸더니 그분들도 분노를 참지 못하시더군요. 하지만 더 이상은 딸을 돌볼 힘이 없다고 털어놓으시더라고요. 그래서 말씀을 드렸어요. 제가 알리에노르를 맡겠다고. 제 집으로 데려와 보호해 주겠다고. 까다롭게 나오시지는 않더군요. 제가 그때 빈민가 중의 빈민가인 구트 도르에 있는 정말 형편 없는 집에 살고 있었거든요. 그렇게 하라고 해 주신 게 얼마나 다행인지 몰라요. 지금 우리가 사는 아파트는 알리에노르의 인세로 산 집인데 옛날 제 집에 비하면 궁전이나 다름없어요. 구트 도르 집에는 난방만 안 들어오는 게 아니라 수도도 안 들어왔었으니까."

"출판사 사람들이 개입하려고 하진 않았나요?"

48 아멜리 노통브

"물론 했죠. 하지만 알리에노르의 부모님이 저를 후견인으로 지정해 놓으셨어요. 저와 알리에노르를 모두 보호해주는 장치죠. 그렇다고 제가 알리에노르를 피후견인으로 보는 건 아니에요. 일단, 나이가 저보다 세 살이나 많은걸요. 사실 전 알리에노르를 친언니처럼 아끼고 사랑해요. 함께 사는 게 그렇게 쉽진 않지만요."

"처음에 전 당신이 작가인 줄 알았어요."

"재미있네요. 알리에노르를 알기 전에는 다른 사람들처럼 저도 제가 작가가 될 수 있을 것이라고 믿었어요. 알리에노르의 이야기를 받아 적기 시작한 이후로 제가 작가가 될 수 없는 이유를 알게 되었죠."

"알리에노르의 이야기를 받아 적는다고요?"

"그래요. 알리에노르에게는 손으로 글씨를 쓴다는 일이 무척 힘든 일이에요. 자판 앞에서는 주눅이 들어서 옴짝달싹 못하고요."

"힘들지 않으세요?"

"제가 제일 좋아하는 일인걸요. 다른 독자들과 똑같은 입장이었을 땐, 저도 알리에노르가 왜 훌륭한지 제대로 이해하지 못했어요. 알리에노르의 투명하고도 명확한 문체를 읽으면 작가가 되고 싶어져요. 아주 쉬워 보이거든요. 독자들은 마음에 드는 구절을 한 번씩이라도 꼭 노트에 옮겨 적어보아야 해요. 그 문장이 왜 그렇게 훌륭한지 이해하는 데에 그보다 더 좋은 방법이 없어요. 책을 너무 빨리 읽으면 그 자연스러운 문장 뒤에 감추어져 있는 무엇인가를 찾아낼 수 없죠."

"알리에노르의 목소리가 이상하던데요. 전 잘 알아들을 수가 없더라고요."

"그것도 알리에노르가 가지고 있는 장애의 일종이에요. 익숙해지면 괜찮아요."

"정확히 무슨 병을 앓고 있는 겁니까?"

"자폐증의 일종인데 프뇌 병이라고, 아주 희귀한 케이스예요. 프뇌 박사가 일반적으로 '온순한 자폐증'이라고 부르던 이 증상을 새롭게 정의했죠. 프뇌 병 환자들의 문제들 중 하나가 자신에게 가해지는 공격에 전혀 방어를 하지 못한다는 것이에요. 공격을 공격이라고 생각하지 못하니까요."

문득 떠오르는 생각이 있었다.

"하지만 알리에노르의 소설에는……"

"맞아요. 그렇지만 그건 알리에노르가 작가이기 때문이에요. 글을 쓰면서 일상에서는 보지 못하는 것들을 표현해내는 거죠. 다른 프뇌 병 환자들은 안타깝게도 그런 재능을 타고나지 못했어요."

"그럼 그의 재능은 병에서 유래한 것이 아니로군요."

"그렇지 않아요. 알리에노르가 그 병에 걸리지 않았다면 일종의 면역체계라 할 수 있는 그 재능을 발달시키지 못했을 거예요. 전 필요악 이론이란 걸 끔찍이 싫어하지만, 장애가 아니었다면 알리에노르가 그런 글을 쓰지 못했을 거라고 생각하고 있어요."

"이야기를 받아 적는 것 말고, 또 무슨 일을 하고 계십니까?"

"전 알리에노르와 바깥세상의 인터페이스예요. 아주 중요한 임무죠. 출판사 사람들과 협상을 하고 알리에노르의 몸과 마음의 건강을 살피고 장도 보고 옷이나 책들도 사들이고 음악도 골라 틀어주고 극장에도 데려가 주고 밥도 해 주고 씻는 것도 도와주고……"

"혼자서는 못 씻는단 말입니까?"

"알리에노르는 더러운 걸 재미있는 현상이라고 생각해요. 씻어야 할 이유를 깨닫지 못하는 거죠."

"당신은 정말 대단하신 분이군요." 나는 의문의 목욕 장면을 상상하며 이렇게 말했다.

"제가 오히려 신세를 많이 지고 있는 걸요. 알리에노르가 버는 돈으로 살고 있으니까."

"당신이 그녀를 위해 하는 일을 생각해보면 당연히 그래야 할 것 같은데요."

"알리에노르를 만나지 못했다면 전 별 볼일 없이 지루한 일을 하며 살았을 거예요. 알리에노르 덕분에 존재한다는 말에 걸맞게, 정말로 존재하고 있다는 느낌이 들어요. 전 알리에노르에게 진 빚이 많아요."

애기를 들을수록 더욱 놀라울 뿐이었다. 나라면 절대로 그런 운명을 감당해 내지 못할 것 같았다. 놀라운 건 그뿐이 아니었다. 그녀는 그런 운명을 짊어진 것에 대해 기뻐하고 있었다!

이 여자, 혹시 성녀 같은 존재가 아닐까? 나는 성녀들에게서 어떤 짜릿한 관능적인 느낌을 받는다. 아마 내가 성녀들에게서 받는 유일한 자극이 아닐까 싶다. 제발, 내 앞에 앉은 이 아리따운 아가씨가 그런 여자는 아니길.

"당신의 이름은 뭔가요?" 나는 상상의 나래를 접으며 이렇게 물었다.

그녀가 미소를 지었다. 이겼다고 확신하고 자기 패를 보여주려는 사람처럼.

"아스트로라브."

만약 내가 뭔가를 먹고 있는 중이었다면, 음식이 기도로 들어갔을 것이다.

"하지만 그건 남자이름이잖아요!"

"어머! 드디어 이 이름을 아는 분을 만났네요!"

"게다가 엘로이즈와 아벨라르(피에르 아벨라르(1079-1142)는 프랑스 중세철학을 대표하는 철학자이자 신학자. 16살 연하의 제자 엘로이즈(1095-1163)와 정열적인 사랑을 했으나 성직자라는 신분 때문에 정식 결혼을 하지 못했다. 엘로이즈는 시골 친척집에서 아벨라르의 아들 아스트로라브를 낳았고, 이 일로 가문의 명예가 더럽혀졌다고 여긴 그녀의 삼촌이 하수인을 시켜 아벨라르를 거세했다. 두 사람의 사랑은 중세 최대의 연애사건이라 불리며 이후 많은 예술가들에게 영감을 주었고 이들이 주고받은 편지들도 출간되었다—옮긴이)의 아들 이름인데!"

"요즘엔 전력공사에서 신학자를 직원으로 뽑나 보죠?"

"당신 부모님은 어쩌자고 딸에게 그런 이름을 지어주셨답니까? 무슨 생각으로?"

"그러니까, 적어도 당신은 그 이름이 듣는 사람을 놀래키려는 예명이 아니라고 생각하시는 거네요?"

당연했다. 자식에게 말도 안 되는 이름을 지어주는 부

겨울 여행 53

모가 존재한다는 사실을 나보다 더 잘 아는 사람이 어디 있을라고.

"저희 엄마 이름이 엘로이즈였어요. 그리고 아버지는 피에르, 아벨라르와 같은 이름이었죠. 여기까지라면 특별할 것도 없는데, 엄마가 절 임신한 지 얼마 지나지 않아 아버지가 피델 카스트로의 열렬한 숭배자가 되더니 엄마를 버리고 쿠바로 떠나버린 거예요. 엄마는 '카스트로주의자'와 '카스트레', 그러니까 '거세'라는 말의 어원이 같다고 믿기 시작했어요. 아버지에 대한 복수심에서, 엄마는 제게 아스트로라브라는 이름을 지어주었죠. 혹시라도 아버지가 돌아오게 되면, 엄마가 아버지를 어떻게 생각하는지 보여주기 위해서. 하지만 아버지는 끝내 돌아오지 않으셨어요."

"복수심에서 자식의 이름을 고르다니, 딸에게 이름을 선물한 게 아니었네요."

"그 말씀에 동감해요. 그래도 전 제 이름이 좋아요."

"그러실 만도 해요. 정말 멋진 이름입니다."

나는 그녀가 내 이름을 물어봐 주기를 바랐다. 나에 대한 호기심이 생겨나기를. 하지만 안타깝게도 그녀는 내 이름이 궁금하지 않은 모양이었다. 할 수 없었다. 아쉬운

놈이 우물을 파는 수밖에. 조일이 어떤 사람인지 설명을 한 다음, 나는 이렇게 말을 맺었다.

"당신과 나, 우리 둘에겐 공통점이 있네요. 부모님들이 사연 많은 이름을 붙여주었다는 점. 어떻게 그렇게 경솔할 수가 있었을까요. 원망스럽군요."

"그건 사물을 보는 하나의 방식이 아닐까요." 그녀가 이만 대화를 끝맺고 싶은 사람처럼 대꾸했다. "지금쯤 알리에노르가 책에 사인을 다 해놓았을 거예요. 자, 어서 가요. 제가 귀한 시간을 많이 빼앗은 것 같네요."

나는 실망한 채로 그녀와 함께 아파트로 돌아왔다. 내가 무슨 잘못을 한 걸까? 나를 구해준 사람은 알리에노르였다. 그녀는 한껏 들뜬 표정으로 의기양양하게 내게 책을 돌려주었다. 나는 그녀의 헌사를 읽어보았다. 〈아저씨에게, 안녕, 알리에노르가〉

"알리에노르가 당신을 무척 좋아하네요." 아스트로라브가 한결 부드러워진 목소리로 말했다.

겨우 돌아온 분위기를 망치고 싶지 않았던 나는 즉시 작별을 고했다. 그리고 감사한 마음으로 알리에노르의 작품을 모두 읽겠노라고 결심했다. 최대한의 집중력을 발휘하여.

아스트로라브. 이 비행기를 납치하려는 결심을 한 것은 당연히 그녀 때문이다. 물론 그녀가 이 사실을 알게 된다면 기겁을 하겠지만. 할 수 없다. 세상에는 본인이 원하지 않아도 사랑을 받을 수밖에 없는 여자들이 있고, 어쩔 수 없이 실천에 옮겨야만 하는 행위가 있기 마련이다.

만일 내 사랑 이야기가 성공적이었다면, 내가 아무 일 없는 일요일 아침, 비행기를 납치하는 파렴치한이 되지 않았을까? 그렇다고 쉽게 결론 내릴 수는 없다. 그야말로 속단 중의 속단이다. 우선, 난 사랑 이야기의 성공이라는 것이 어떤 것인지를 잘 모르겠다. 대체 언제 사랑이 성공적이라고 할 수 있단 말인가? 또, 사랑의 성공을 한치도 의심할 여지가 없다고 쳐도, 내가 이 평화로운 일요일을 이런 일에 바치지 않으리라고 장담할 수는 없는 것이다.

내가 저지른 짓을 알게 되면, 아스트로라브는 나를 경멸하고 증오하다 못해 우리가 만난 그 날을 저주하고 내가 보낸 편지들을 찢어버릴 것이다. 아니, 어쩌면 그 편지들을 경찰에 가져다 줄지도 모르겠다. 어떤 남자가 그녀의 생각을 그렇게까지 완전하게 점령할 수 있을까. 그러고 보면 썩 나쁘진 않은 것 같다.

사랑 이야기가 성공적이라는 게 어떤 건지는 잘 모르겠지만, 내가 확신하고 있는 것이 있다. 바로 사랑에는 실패가 없다는 것이다. 사랑의 실패라니, 말 자체에 모순이 있지 않은가. 사랑을 느낀다는 건 이미 승리를 쟁취한 것이기 때문에 왜 더 많은 것을 원하는지 생각해보아야 한다.

나는 열여섯 살 때 입맛을 잃었던 경험이 있다. 확실하게 거식증이란 진단을 받은 건 아니었는데 그냥 먹을 수가 없었다. 두 달 만에 체중이 20킬로그램이나 빠졌다. 키 175센티미터의 남자애가 40킬로그램밖에 나가지 않았으니, 지독히도 혐오스러운 몰골을 하고 다녔던 것이다. 그 상태는 반 년 간 계속되었고 차츰 입맛을 찾은 나는 다시 먹기 시작했다. 그런데 그 증상을 겪은 후로 신기한 일이 일어났다. 내게 없던 기적 같은 능력이 깨어났던 것이다. 특히 그 중에서도 어떤 한 사람에게 엄청나게 집중할 수 있는 능력이 생겼다.

완벽한 불감증에 시달리던 그 여섯 달 덕분에, 나는 사랑이라는 감정이 하나의 은총이며 다른 모든 현실이 파괴되는 완벽한 각성상태라는 단순한 사실을 잊을 염려가 없게 되었다.

동네 서점에 주문한 책이 나를 기다리고 있었다. 나는 알리에노르의 책을 집으로 가져와 독서에 필요한 모든 기관들을 총동원해가며 책을 읽었다. 소설의 경우엔 어떤 기관이 작용하는지 구별하기가 힘들었지만. 어떤 작가의 곁을 지키는 한 여자의 마음을 얻겠다는 목적을 가지고 그의 전 작품을 읽는다는 것은 예사로운 일이 아니었다. 책을 다 읽은 후에는 말레즈 양 앞으로 편지를 썼다. 그녀의 보호자가 함께 읽을 수밖에 없는 편지를. 편지 끝에는 내 연락처를 남겨놓았다. 그리고 기적이 일어났다. 아스트로라브가 내게 전화를 걸어왔던 것이다.

"정말 굉장한 편지였어요!" 그녀가 감격에 겨운 목소리로 말했다.

"제가 얼마나 감동했는지 적어본 것뿐입니다."

"알리에노르가 저에게 당신 편지를 큰 소리로 읽어달라고 했어요. 자기가 잘못 본 게 아니라는 걸 확인하고 싶다고요."

"저 역시 같은 이유로, 당신이 그녀의 책을 큰 소리로 읽어주면 좋겠네요."

전화선을 타고 방긋 웃는 소리가 들렸다.

"난방과 관계없이 당신에게 차 대접을 할 수 있도록 전력공사 측에서 허락할까요?"

토요일이 되자, 난 즉시 그녀의 집으로 달려갔다. 꿈에 그리던 여인, 그리고 비정상 소설가와 한 자리에서 차를 마신다는 것은 평범하지 않은 경험이었다.

집 안의 춥기는 지난번과 거의 다르지 않았다. 아주 조금 나아졌달까.

"제가 가져다 드린 난방기를 안 쓰시는군요?"

"우릴 전력공사에 고발하셔도 좋아요. 외투는 그대로 입고 계세요. 우리의 경험을 믿으세요. 몸에 모아둔 열기를 빼앗기지 않아야 해요."

나는 마카롱의 명가 라뒤레 제과점에서 사온 마카롱 상자를 건넸다. 내가 차를 마시려고 할 때, 아스트로라브가 마카롱을 하나 집으라고 했다. 그건 거의 명령이었다.

"지금 안 드시면 영영 기회가 없어요."

마카롱 상자가 알리에노르의 손에 들어가자 상황이 파악되었다. 그녀는 황홀에 겨워 꿀꿀거리는 소리를 몇 번이나 내더니 마카롱을 게걸스럽게 먹기 시작했다. 내가 고른 상자는 스무 개들이로 여러 가지 맛이 골고루 섞여 있는 것이었다. 새로운 맛이 느껴질 때마다, 알리에노르는 코끼리 우는 소리를 내며 아스트로라브의 팔을 붙잡고 입을 쫙 벌려 자신을 무아지경에 이르게 한 과자의 색깔을 확인시켜주었다.

"서른 개들이 상자를 사올 걸 그랬나 봅니다."

"서른 개든, 마흔 개든 다 마찬가지예요. 어쨌거나 알리에노르가 다 먹어버릴 테니까. 그렇지, 알리에노르?"

알리에노르가 열심히 고개를 끄덕였다. 마카롱을 싹 먹어치운 그녀는 황홀한 눈빛으로 엷은 비취색 상자를 물끄러미 바라보았다. 책에 관한 내 질문은 접수가 되지 않은 모양이었다.

"알리에노르는 자기 작품에 대한 질문에 대답을 하지 않아요. 문장을 왜 또 설명해야 하는지를 이해하지 못하거든요."

겨울 여행

"그녀가 옳아요."

나는 본인을 앞에 두고 그녀를 삼인칭으로 호칭해야 하는 것이 좀 불편했다. 하긴, 그녀가 그 자리에 있다는 것 자체가 상대적인 것이었지만. 알리에노르는 우리의 이야기에 전혀 관심이 없었다.

"그런데, 알리에노르가 제 편지를 정말로 읽었습니까?"

"그럼요. 걱정하실 것 없어요. 알리에노르는 칭찬에 민감해요. 언젠가 제가 알리에노르의 글 중에서 어떤 한 단락이 정말로 멋지다고 칭찬을 줄줄이 늘어놓은 적이 있어요. 그랬더니 알리에노르가 눈을 감더군요. '뭐야, 이 반응은?' 제가 물었죠. 그랬더니 '네 말 속으로 숨는 거다.'라고 대답하는 거예요."

"근사하군요."

"그리고 전 사람들이 알리에노르를 칭찬하면 정말로 행복해져요."

이 말을 명심해두기로 했다. 그리고 알리에노르의 문체에 대한 찬양을 마구 쏟아내었다. 약간 과장한 면이 없지 않았지만, 그럴 만한 가치가 충분했다. 나의 융단폭격에 아스트로라브는 기쁨을 감추지 못했다. 정말 흐뭇한 광경이었다.

나의 공연이 끝나자 마음속으로부터 사모하는 나의 여인이 박수를 쳤다.

"이렇게 칭찬을 멋지게 해 주시는 분은 처음 봐요. 알리에노르가 정말 좋아하네요."

과연 그럴까 싶었다. 알리에노르는 라뒤레 상자에 코를 박고 모든 에너지를 모아 사팔눈을 만드는 중이었다.

"제 마음 깊은 곳에서 나온 찬사니까요."

"당신과 같은 이름을 가진 철학자보다 문학평론에 더 자질이 있으신데요."

"그렇게 말씀해 주시니 기분이 좋네요."

그녀가 나의 이야기를 기억하고 있다는 것이 놀라웠다.

"전력공사에는 어떻게 들어가시게 된 거예요?"

그녀가 나의 신상에 대해 호기심을 보였다는 사실에 뛸 듯이 기쁜 나는 문헌학을 열렬히 사랑했지만 교수가 되고 싶지는 않았던 한 남자의 경력을 짧게 소개했다. 1996년, 최고로 잘 나가던 프랑스 전력공사는 광고예산을 확보해 그때까지 잘 알려지지 않은 전기의 다양한 용도를 설명해 줄 문학계 인사들을 새롭게 모집했다. 그때, 지원자들 중에서 스물아홉 살이던 내가 광고부장으로 뽑혔던 것이다. 그 일로 일개 출판사 직원이던 나로서는 순식간에 거물급

인사가 될 기회를 거머쥔 것이었지만 막상 전력공사에 들어가자 어쩐지 겉도는 인물이 된 것만 같았다. 예산은 다시 책정되지 않았고 나는 상부에 나를 해고하지 말아달라고 부탁을 했다. 그렇게 해서 아직까지 내가 차지하고 있는 이 한직을 얻게 되었던 것이다.

"멋진 직업이에요. 다양한 사람들을 만나시잖아요."

"그렇지만도 않아요. 제가 만나는 사람들은 주로 이름 없는 가난한 사람들이나 제가 자기들을 추방하려는 줄로 아는 외국인들, 자신들의 가난이 꼭 제 탓인 양 저를 비난하면서 오히려 비참한 상태를 과시하려는 사람들인걸요. 아니면 제 배려를 귀찮아하는 소설가의 비서이거나."

그녀가 살짝 웃었다. 알리에노르가 차를 달라고 아우성을 하더니 연거푸 찻잔을 비우기 시작했다. 나는 아스트로라브가 왜 그렇게 거대한 찻주전자를 마련했는지 이해할 수 있었다.

"알리에노르는 뭐든 했다 하면 끝장을 봐야 해요. 차를 마실 때도 마찬가지고요."

곧 결과가 나타났다. 우리의 소설가께서 화장실에 수도 없이 들락거리게 된 것이다. 기계장치의 영구운동永久運動, 그 예를 보여주는 흥미로운 케이스였다. 나는 그녀가 사라지는 틈을 타 물밑 작업에 착수했다.

예컨대,

"꼭 다시 뵙고 싶었습니다."

라든지,

"당신 모습이 계속 눈앞에 아른거렸다고요."

혹은

"파카를 세 개나 껴입으셨는데도 정말로 우아하고 매력적이십니다."

아예 대놓고 손을 덥석 잡기도 했다.

그러나 알리에노르가 급하게 돌아오는 바람에 어색한 단계를 넘거나 아스트로라브의 대답을 들을 수는 없었다.

도저히 피할 수 없는 알리에노르의 공격이 계속되자, 나는 그녀에게 한 시간만 변기 위에 앉아 있어 달라고 부탁하고 싶은 심정이 되었다. 부랴부랴 다시 갈 걸 뭣 하러 돌아오느냔 말이다. 급기야 나는 혹시 이 여자가 유치한 병적 악의를 품고 이러는 게 아닐까라는 의심을 하기에 이르렀다.

"말씀을 많이 안 하시네요." 결국 나는 아스트로라브에게 이렇게 말했다.

"무슨 말을 해야 할지 잘 모르겠어요."

"그렇군요. 알겠습니다."

"아뇨. 이해 못하실 거예요."

그녀가 이미 알고 있는 줄 알면서도 나는 종이에 내 주소를 적었다. 신중해서 나쁠 건 없으니까.

"글을 써 보면 대답할 말이 생각날 수도 있어요."

나는 이 말을 남기고 그 집을 나왔다.

겨울에 누군가를 사랑하게 되는 건 그리 바람직한 일이 아니다. 다른 계절보다 징후가 훨씬 더 유별나고 고통스럽다. 추운 날의 완벽한 빛은 기다림에 동반되는 우울한 희열을 부추긴다. 추위에 몸을 떨다 보면 흥분이 극으로 치닫는다. 제아무리 카리브 해의 마르티니크 섬 같은 곳에서라도, 일단 사랑에 빠진 사람은 적어도 세 달간 병적인 떨림을 경험해야 하는 벌을 받는다.

다른 계절엔, 우선 계절 자체가 나긋나긋한 데다가, 새싹이 돋고 꽃송이가 맺히고 잎도 무성하니까 거기에 지친 영혼을 맡길 수 있다. 헐벗은 겨울에는 아무리 은신처를 찾아보아도 찾을 수가 없다. 사막의 신기루보다 더한 배신자가 있으니, 그것은 바로 저 고약한 추위의 신기루와

극지방의 오아시스, 그리고 영하의 날씨 때문에 쌓인 아름다움에 대한 분노이다.

겨울과 사랑은 시련을 통해 욕망을 채운다는 공통점을 가지고 있다. 이 두 가지는 격려와 위로를 거부한다. 온기로 추위를 물리치면 사랑의 힘이 약해져 추잡한 이미지로 타락하고, 창을 열고 신선한 공기를 받아들여 열정을 식히면 기록적인 시간 안에 무덤으로 직행하게 된다.

내 추위의 신기루, 그 이름은 아스트로라브였다. 어디에서든 그녀가 보였다. 그녀가 난방도 들어오지 않는 동굴 안에서 떨며 보내는, 끝이 날 것 같지 않은 겨울밤들을 나는 상상 속에서 그녀와 함께 보냈다. 사랑하는 사람은 자만해선 안 된다. 나의 육체로 그녀의 몸을 뜨겁게 달구는 상상을 하는 대신, 나는 꿈에 그리는 나의 여인과 함께 온도를 낮추어 갔다. 우리가 함께 입을 수 있는 얼음 화상에는 한계가 없었다.

추위는 더 이상 위협적인 존재가 아니라 우리를 깨우고 자신의 이름으로 주위를 호령하는 절대적인 힘이었다. "나는 추위다. 내가 세상을 지배하는 목적은 그 누구도 생각하지 못할 정도로 단순하다. 나는 모두가 나의 존재를 느끼기를 바란다. 이것은 모든 예술가들이 바라는 바이다. 나만큼 성공을 거둔 예술가가 있으면 어디 나와 보라고 해라. 모든 사람들이, 전세계가 나를 느낀다. 태양과 별들이 힘을 잃어도, 나는 여전히 불타오른다. 모든 죽은 자들과 모든 산 자들이 서서히 자신을 옥죄어오는 나의 존재를 느끼게 될 것이다. 하늘의 뜻이 무엇이든, 종말 이후에 살아남는 존재는 나 하나뿐일 것이다. 그러나 이렇게 오만을 부려보아도 비굴할 수밖에 없는 것은 나는 누군가 느껴주지 않으면 아무것도 아니기 때문이다. 나는 타인의 몸서리로 인해 존재한다. 추위에게도 연료가 필요하거니와, 영원토록 나는 너희들 모두의 고통을 불쏘시개로 삼으리라."

나는 꿋꿋하게 추위를 견뎌냈다. 단지 사랑하는 여인의 운명을 함께 짊어지기 위해서가 아니라 세계적인 예술가에게 경의를 표하기 위해.

내가 쓴 글을 다시 읽으며 경악한다. 이렇게, 몇 시간 후에 백여 명의 승객을 태운 비행기를 폭파하려는 인간이 마지막 생각들을 글로 적을 기회가 오자 열정으로 가득한 서정적인 문장을 쏟아내고 있다니.

테러를 일으키는 목적이 라마르틴의 『명상 시집』 같은

걸 쓰려는 거라면, 그건 너무 무의미한 게 아닌가? 곰곰이 생각을 하다 보니 혹시 열쇠가 거기에 있는 것이 아닐까 라는 의문이 들었다. 직접적인 행동에 돌입하려는 사람들의 목적은 그 행동에서 자신에게 결핍된 어떤 남성다움을 찾으려 하는 게 아닐까. 가미카제들은 최후까지 그 목적을 감추어 영원한 오해를 남긴다. 특공대원들의 생각 없는 어머니들은 목에 잔뜩 힘을 주고 잘난 척을 한다. "우리 아들은 역시 사내다웠어. 팬암 보잉기를 납치한 게 바로 우리 아들이었잖아……" 내 노트가 나와 함께 사라지게 된다는 것이 정말 다행스럽다. 이런 비밀은 끝까지 묻어두는 것이 낫다.

내가 충격을 주고 싶은 대상은 물론 아스트로라브다. 방법이 잘못되었다는 건 나도 잘 알고 있다. 어리석게도 나는 객기를 부려 실패를 자초하려 한다. 때로는 이해받지 못할 게 확실한데도 작정한 대로 밀고 나가야 하는 경우가 있다.

열 시 사십오 분이다. 이 이야기를 계속할 시간적 여유가 있어서 기쁘다. 글을 쓰다 보니 나의 존재가 확실히 느껴진다. 자신을 확실히 느끼고 싶다는 것은 몰상식하고도 극단적인 야망이다. 자신의 존재를 확인하는 것 자체가 이미 너무나 드문 일이니까. 글을 쓰는 행위는 신체의 중요한 부분을 깨운다. 사고가 신체에 적용되는 것이다. 몇 주 전부터 나는 비행기 폭파사건을 일으키겠다고 마음을 먹고 준비를 했다. 글을 쓰겠다는 것은 새로이 결심한 일이다. 하긴, 글을 쓰는 것은 머릿속에서만 구상하는 것보다 훨씬 더 강한 힘을 가지고 있다.

일을 해치운 다음에 글을 쓰는 것이 더 낫겠지만, 애석하게도 무덤 속에서 글을 쓸 수는 없다. 정말 그 점이 아쉽다. 생존자가 없을 테니 내가 어떤 식으로 행동했는지 증명해 줄 사람도 없을 것이다. 하긴, 그런 것엔 별 관심도 없다.

안전을 도모한답시고 이것저것 지시를 내리는 꼴들을 보면 짜증이 난다. 사실, 반입 금지 조치가 아무리 살벌해도 비행기를 납치할 수 있는 손쉬운 방법은 늘 있게 마련이다. 딱 하나, 효과 만점인 예방법이 있기는 하다. 바로 비행 자체를 금지하는 것이다. 명색이 테러리스트라면, 어떻게 하든 간에 하늘을 나는 저 가공할 기계에 접근하기를 꿈꾸지 않겠는가? 기차나 버스, 디스코텍을 공격하는 건 너무 시시하다. 테러리스트는 누구나 하늘을 동경한다. 가미카제들은 거의 모두 저승에서의 삶을 기대하며 이런 동경을 키워나갔다. 어떤 면에서 보면 땅 위의 테러리스트들은 풋내기라고 할 수 있다.

이상理想을 품지 않고 행동에 돌입하는 테러리스트는 없다. 이상치고는 끔찍한 것이 대부분이지만 아무튼 간에 이상인 것임에는 분명하다. 그들의 이상이 핑계에 지나지 않는다 해도 달라질 것은 없다. 핑계가 없으면 행동에 옮길 수 없는 법이다. 테러리스트에겐 이런 헛된 합리화가 필요하다. 가미카제들에게는 특히 더 간절하게.

종교에서 비롯한 것이든 조국애에서 비롯한 것이든 아니면 다른 어떤 것이든 간에 이런 이상理想은 단어의 형태를 취한다. 아서 쾨슬러(Arthur Koestler)의 말이 옳았다. 세상에서 살인을 가장 많이 한 범인은 바로 언어라고 했던가.

사랑하는 이의 편지를 기다리는 사람은 생사를 좌지우지하는 말의 힘을 뼈저리게 느낀다. 아스트로라브의 편지가 늦어졌기 때문에 나는 하루가 다르게 심각해져 갔다. 나의 존재는 아직 생겨나지도 않은 언어에, 아니, 그 언어가 존재할 가능성에 달려 있었다. 편지를 쓸 주체에 적용된 양자물리학이랄까. 관리인 아줌마가 각 세대의 현관문 밑으로 우편물을 넣어주는 시간이 되면 나는 계단에서 들려오는 발자국소리에 귀를 기울이며 두근대는 감정이 초자연적인 고난으로 변화하는 무아지경을 경험했다. 편지가 고지서나 광고물이었다는 것을 확인하는 순간, 나는 신이 나를 버렸다는 극심한 허탈감에 빠져 순식간에 존재감을 상실했다.

만약 내가 사는 곳이 서민아파트가 아니었다면 우편물을 전달하는 관리인 아줌마의 발소리와 연관된 이런 신학적 체험을 경험하지 못했으리라. 우편함까지 내려가야만 하는 이들은 이런 특권을 누리지 못한다. 우편함을 여는 순간 그들의 심장이 두방망이질하리라는 점에는 의심의 여지가 없다. 그러나 자신의 운명이 계단을 오르는 소리에 귀를 기울이는 행위는 그 어디에도 비할 수 없는 특별한 감정을 만들어낸다.

1월 말에 기적이 일어났다. 겉봉에 손글씨가 적힌 봉투 하나가 현관문 밑으로 슬그머니 밀려 들어왔다. 손이 어찌나 떨렸는지 나는 그만 종이칼에 살을 베이고 말았다. 처음 편지를 읽는 순간 숨을 쉴 수가 없었다. 그래서 아예 호흡을 한참 동안이나 멈추어버렸다. 편지 내용에 실망을 해서가 아니었다. 절반쯤은 좋아 죽을 만큼 황홀한 문장이었고 나머지 반은 나의 목을 자를 듯 잔인한 것이었다.

나는 그 편지를 고스란히 외우고 있다. 그 내용을 여기에 옮기다 보면 내 마음이 너무 흔들릴 것만 같다. 아스트로라브는 나로 인해 설레지만 감정에 솔직할 수 없다고 했다. 알리에노르를 돌보는 일은 하나의 천직과도 같아서 다른 사람을 사랑할 수 없다고, 그녀를 버리는 것은 곧 그녀를 죽이는 것과도 같다고 썼다.

 나로 인해 설레었다니. 뜻밖이었다. 그렇지만 그 말은 분명한 거절보다 더 나빴다. 나의 이상형을 찾았는데, 웬 비정상이 그녀를 차지하고 있었으니까. 그녀가 내세운 이유는 숭고하고도 이론의 여지가 없는 것이었지만 나는 받아들이고 싶지 않았다. 그 비정상의 목을 졸라 끝을 내고 싶었다. 그런 인간쓰레기를 위해 그렇게나 희생을 해야 하다니! 도대체 아스트로라브 같은 천사와 함께 사는 것이 얼마나 행복한 일인지 알기나 하느냔 말이다. 죽 한 냄비면 좋아 죽는 주제에!

 나는 당장에 답장을 썼다. 비정상에게 퍼붓고 싶은 분노의 발언을 눈치채게 할 만큼 어리석게 굴지는 않았다. 만약 그 반의 반만이라도 언급을 한다면, 그녀는 지인 목록에서 내 이름을 빼 버릴 테니까. 나는 사랑이 또 다른 사랑을 부른다고 썼다. 알리에노르에게 베푸는 사랑과 내가 그녀에게 바치는 사랑 중에서 어느 하나를 선택해야 할 필요는 없다고. 우리 셋이서 살면 된다고. 나도 알리에노르를 돌보는 일을 돕겠다고. 그녀의 짐을 함께 짊어져 주겠다고.

 열심히 편지를 쓰면서도, 한편으로는 그런 것들이 정말

내가 원하는 것이라고 내 자신을 설득해야 했다. 그럴 수 있으리라는 자신이 없어서 골이 지끈지끈 아팠다. 마음속으로부터 사모하는 여인을 비정상과 공유하다니, 도대체 가능할 것 같지가 않았다. 기괴한 장면들이 떠올랐다. 아스트로라브와 은밀한 한때를 보내고 있을 때 난데없는 비명이 들려와 분위기가 깨진다거나 촛불까지 밝혀가며 준비한 근사한 식탁이 알리에노르의 공격에 초토화된다거나 알리에노르의 코딱지가 내 셔츠에 붙어 있다거나, 아스트로라브가 너무 피곤한 나머지 나더러 대신 알리에노르를 씻겨달라고 부탁을 한다거나, 그래서 플라스틱 오리와 함께 욕조에 들어간 비정상과 단둘이 욕실에 갇힌다거나. 그럴 수는 없었다. 나는 그렇게까지 위대한 영혼의 소유자가 아니었다. 나도 다른 이들처럼 정상이 아닌 사람이 두려웠다. 그런 원초적인 공포를 떨쳐낼 능력이 내겐 없었다.

이번엔 바로 아스트로라브의 답장을 받을 수 있었다. 그녀는 내가 애써 무시하고 있는 점을 지적했다. 내 계획이 얼마나 현실적이지 못한지를 조목조목 설명했던 것이다. 알리에노르와 같은 사람과 함께 생활하려면 내가 상상하지도 못할 의무와 시련을 전제해야 한다고. 제삼자의 등장이 알리에노르에게 도움이 되기는커녕 오히려 어려움을 가중시키게 될 것이라고.

그 문장이 내 가슴을 후벼팠다. 제삼자, 그건 바로 나였다. 달리 어떻게 생각을 해 볼 수 있단 말인가? 두 여자를 연결하는 끈이 자꾸만 아스트로라브를 멀리멀리 데리고 갔다. 나는 곧 비정상에 대한 살기등등한 질투에 휩싸였다. 그랬다. 내가 그녀였으면 싶었다. 장애 때문에 고통받는 건 그녀가 아니라 나였다. 내가 그녀 흉내를 내지 못할 이유가 없었다. 나도 바보 노릇을 할 수 있었다. 아닌 게아니라 나도 비정상이었다. 미칠 듯한 사랑에 빠진 모든 이들이 그러하듯이. 비정상이 되어야 아스트로라브의 마음에 들 수 있다면 나는 기꺼이 바보가 될 수 있었다!

엄청난 광란 상태에서 나는 그녀에게 난해한 편지를 썼다. 경험에 의하면 당신의 의사가 분명치 않다는 점은 반가운 일이다. 그렇게 자신을 포기해서는 안 되는 거다. 물론 내가 사랑하는 당신을 그냥 보내준다고 해서 당신의 존재가 의미 없어진다는 건 아니다, 난 그렇게 우길 만큼 잘나지 않았다. 하지만 육체가 아니라도 영혼과 마음이 절대적으로 원하는 것을 부정해서는 안 된다. 도대체 얼마만큼의 세월 동안 가슴 설레는 이야기를 듣지 못하고 살았는지 묻고 싶다. 그런 것 없이 살 수 있는 사람은 아무도 없는데. 당신이 제시하는 조건을 모두 따르겠다. 무엇이 되었건, 당신이 우리의 만남이 넘지 말아야 하는 선을 정한다면, 받아들이겠다. 당신을 행복하게 만들어 줄 방법을 반드시 찾아내겠다. 알리에노르에 대한 사랑으로 철철 넘치게 해 주겠다.(물론 그럴 생각은 별로 없었지만, 그런 자세한 이야기는 생략했다.) 당신과 내가 함께 살지 못하리라는 것, 잘 알겠다. 하지만 적어도 만날 수야 있지 않겠는가.

 나는 보다 빨리 편지를 전달하기 위해 직접 그녀의 우편함에 편지를 넣기로 했다. 그녀의 집으로 가는 길에 아는 것이 거의 없는 한 여자를 어떻게 내 일생일대의 여자라고 확신하게 되었는지 의문이 들었다. 그 어떤 여자도 그렇게 생각해 본 적이 없는 나였다. 나는 그녀에게 고백한 것 이상으로 그녀를 사랑했다.

 편지를 넣은 다음에는 그녀 역시 같은 방법으로 답을 해 주기를 바라며 집에 틀어박혔다. 그리고 고통을 더 강하게 느끼기 위해 슈베르트의 〈죽음과 소녀〉를 무한반복으로 들었다. 일찌감치 담배나 배워 둘 걸, 후회막심이었다. 몸의 다른 부분들처럼 폐도 혹사할 수 있다면, 차라리 그게 나의 고통을 더 일관성 있게 만들어 줄 수 있을 것 같았다. 안타깝게도, 내게는 담배에 불을 붙이는 것이 비행기 조종보다 어려워 보였다.

방금 전에 적은 문장은 바보 같은 것이었다. 비행기 조종이 담배 피우는 것보다 훨씬 쉽다. 우선, 비행기 조종을 금지당할 경우의 수가 훨씬 적다. 어디엘 가도 〈금연〉 표지판은 쉽게 볼 수 있지만 〈비행기 조종 금지〉라는 안내문은 거의 찾아볼 수가 없다. 누군가를 만날 때도 마찬가지다. 담배를 피운다고 하면 상대가 얼굴을 찡그리지만 비행기를 몬다고 말하면 존경을 담은 눈빛을 보낸다.

잠시 후, 나는 온세상을 상대로 전력공사에서 일하는 비흡연 문헌학자가 항공사 관계자의 도움을 전혀 받지 않고도 보잉기를 조종할 수 있다는 사실을 증명하려고 한다. 하지만 너무 앞서가지는 말자. 지금은 우선 내가 받았던 짤막한 편지를 옮기고 싶다.

조일

우리 아파트에서 보도록 하죠. 알리에노르도 함께.
아스트로라브

그녀를 만날 수 있도록 허락된 장소만큼이나 냉랭한 편지였지만, 나는 기쁨에 겨워 어쩔 줄을 몰라 했다. '알리에노르도 함께.'라고 했겠다. 셋이서 뭔가를 하자고 한 것은 아니니, 육체적인 그 무엇인가를 바란다면 희망이 없다는 의미였다. 내 나름대로 기대를 했었건만. 그런 면에서 보면 그다지 좋은 소식이 아니었다. 하지만 그녀를 볼 수 있다. 마음속으로부터 사모하는 여인을 본다. 그녀가 허락을 했다. 나보다 더 행복한 남자가 또 있을까? 나는 '본다'라는 동사의 감추어진 의미를 알아내기 위해 서둘러 그녀의 아파트로 갔다.

드디어 알았다. '본다'는 건 누군가가 나를 본다는 의미였다. 천국 같을 줄로만 알았던 그녀와의 첫 키스는 알리에노르가 우리를 쳐다보고 있다는 사실을 깨닫는 순간 분위기가 확 깨지고 말았다. 그녀는 우리를 뚫어지게 바라보지 말아야 할 이유를 모르는 듯했다.

나는 아스트로라브에게 물었다. 남자를 사귈 때마다 이랬느냐고. 그녀는 알리에노르를 돌보기 시작한 후로는 연애를 하지 못했다고 했다. 내가 처음이라고. 그녀의 고백으로 뿌듯해진 나의 기분은 비정상의 시선에 폭삭 가라앉

아버렸다.

"다른 데를 좀 보고 있으라고 하면 안 될까요?"

"알리에노르에게 직접 말씀해보세요."

나는 크게 숨을 들이쉬고 최대한 부드러운 어조로 알리에노르에게 말을 건넸다.

"알리에노르, 입장이 바뀌었다고 생각해 봐요. 이런 순간에 남이 보고 있으면 방해가 될 것 같지 않아요?"

내가 이상해도 너무나 이상한 이야기를 했다는 느낌이 들었다. 비정상의 얼굴에 엄청나게 놀랐다는 표정이 떠올랐다.

"알리에노르는 사랑을 해 본 적이 없어요."

아스트로라브가 말했다.

"아무리 그래도 그렇지, 당신까지 사랑을 하지 말라는 법은 없잖아요. 안 그래요?"

사랑하는 나의 여인이 헛기침을 했다. 하긴, 내 태도가 무례하긴 했었다. 아무튼 나는 다시 그녀에게 키스를 하기 시작했다. 진짜로 욕구가 있어서라기보다는 마음을 가라앉히기 위해.

알리에노르가 자리에서 일어나더니 우리 쪽으로 바싹 다가왔다. 더 가까이에서 관찰하기 위해서였다. 나는 내 얼굴에 거의 붙다시피 한 그녀의 휘둥그레진 눈을 보고 즉시 동작을 멈추었다.

"못 하겠어요. 이대로는 안 돼요."

"알리에노르의 눈빛이 얼마나 순수한데요."

"나도 그렇게 믿고 싶어요. 안됐지만 그렇다고 달라지는 건 없다고요."

"유감이네요. 좋았는데."

"누가 봐도 괜찮아?"

"나한테 말을 놓으시는 거예요?"

"그래. 당신도 그렇게 하면 좋겠어."

"좋아. 그럼 알리에노르에게도 말을 놓아야 해."

짜증이 났다. 이 두 여자가 정체성의 혼란을 겪고 있는 건 아닐까? 차라리 그렇다면 나의 사랑하는 여인이 비정상의 변태적인 엿보기 취미를 아무렇지도 않게 생각하는 이유가 설명되긴 한다.

내가 감히 꿈꿔보지도 못한 연애를 방해하는 원흉의 환심을 사기 위해 나는 다른 접근방법을 시도해보았다.

"네 책을 모두 읽었어. 정말 우아한 작품들이던걸. 네 지성이 얼마나 뛰어난지 그 책들로 다 증명이 되더라니까. 근데, 내가 아스트로라브와 같이 있을 땐, 왜 이런 식으로 행동하는 거야?"

알리에노르가 심하게 놀란 것 같았다. 침묵이 흘렀다.

"알리에노르의 이해력은 창작을 할 때에만 작동해."

"좋아. 그럼 내가 아스트로라브와 같이 있는 동안, 넌 글을 쓰면 되겠네?"

침묵. 언제나처럼 나의 사랑하는 여인이 대신 답해주기를 기다리는 것이었다.

"알리에노르는 글을 쓰지 않아. 나한테 불러주지."

갈수록 태산이었다.

마음속으로부터 사랑하는 나의 여인과 긴 대화를 나누어보아야 할 것 같았다. 그녀가 우리의 관계를 어떻게 생각하고 있는지에 대해. 그러나 호기심 많고 구경하기 좋아하는 그녀의 친구가 영원히 옆에 있는 한 우리끼리 속 깊은 대화를 나누기란 불가능했다. 게다가 그녀가 제시하는 모든 조건을 받아들이겠다고 내 입으로 말하지 않았던가. 내가 했던 말을 취소하면 우리 관계는 그것으로 끝장날 게 뻔했다. 그리고 그녀를 더 이상 못 보는 것이야말로 내가 가장 두려워하는 것이었다.

그래서 나는 내가 생각해낼 수 있는 유일한 방법을 동원하기로 했다. 그녀가 내게 허락하는 것이 아무리 적을 지라도 감사히 받아들이기로 한 것이다.

매일 저녁, 퇴근 후, 나는 북극 같은 아파트에 들러 두 여자와 함께 저녁식사를 했다. 알리에노르가 시금치를 게걸스럽게 먹는 모습을 보면서도 애써 아무렇지도 않은 척하며 내게 열심히 귀를 기울이는 아스트로라브를 상대로 이런저런 이야기를 했다. 그런 다음에는 셋이 함께 소파로 자리를 옮겨 돋보기 같은 눈으로 빨아들일 듯 쳐다보는 알리에노르의 시선을 받으며 사랑하는 여인을 꼭 안았다. 그러다가 고리타분한 약혼자처럼 밤 11시가 되면 어김없이 작별을 고한 다음 지하철을 타고 집으로 돌아왔다. 애석한 마음과 욕구불만이 교차하는 상태로 꽁꽁 얼어붙은 몸을 이끌고.

주말이 되면 아침 일찍이 그녀가 사는 아파트로 출동해 두 여자가 받아쓰기하는 장면을 지켜보았다. 그럴 때면 알리에노르가 정말로 대단해 보였고 헌신적인 그녀의 비서에 대한 나의 존경이 배가 되었다.

경련을 일으키면서도 천천히, 아폴로 축제경기의 우승자에게 헌정된 핀다로스의 시와 같은 문장들을 쏟아내는 알리에노르는 마치 델포이의 신녀 같았다. 나는 그녀의 입에서 나오는 단어를 단 한 개도 알아들을 수 없었다. 도대체 어느 나라 말인지 감이 잡히지 않았다. 처음에는 아스트로라브가 동시통역을 하는 줄로만 알았다. 그게 아니었다. 그녀는 끝없이 날아오르는 알리에노르의 상상력을 문자로 받아 적고 있었다. 나는 그녀의 듣기 능력에 찬사를 보냈다.

"습관의 문제지 뭐."

"미국 사람들이 두 사람의 협동 작업을 좀 봤으면 좋겠군. 그 작자들은 우리 유럽 사람들의 문학적 창조에 대한 견해를 무시하거든. 우리가 유물론자인 척하다가도 창조적 영감에 대해서만은 아주 비이성적으로 신학적인 접근을 한다고 해. 그런 근거를 대면서 우리와는 정반대로 글쓰기를 가르칠 수 있다고 우기고 있다고."

"글쓰기는 스스로 배우는 거지 누가 가르쳐 줄 수 있는 게 아니야. 알리에노르가 어느 날 갑자기 유려한 문장을 쓰게 된 거라고 생각해? 글도 많이 썼지만, 그보다 더 많은 양을 읽으면서 아주 오랫동안 수련을 했어."

저 비정상이 책을 많이 읽는다고? 하지만 안타깝게도 그녀는 우리와 함께 있을 땐 절대로 책을 펼치지 않았다. 평소에 양식을 얻던 책과는 다른 면에서 우리 두 사람에 대해 흥미를 느낀다는 사실을 굳이 숨기려 하지 않았다.

겨울 여행

확실히 알리에노르는 아스트로라브와 나를 관찰하는 것이 아니었다. 그녀는 우리를 읽고 있었던 것이다.

마음속으로부터 사모하는 나의 여인은 사야 할 물건 목록을 만들어 나더러 대신 장을 봐다 달라고 했다. 아주 드문 일이었지만, 사야 할 물건이 너무 많을 땐, 그녀가 날 따라나서기도 했다. 그럴 때면 난 찬란하게 눈부신 순간들을 보내곤 했다. 슈퍼마켓은 완벽한 내실이 되고 내가 사랑하는 여인에게 키스를 해도 우아하고도 세련된 사람들은 아무도 우리를 흘끔거리며 훔쳐보지 않았다. 나는 신선코너에서 단둘이 보낼 수 있는 시간을 가능한 한 오래 가져보려고 애를 썼지만 언제나 아스트로라브가 불안해하는 순간이 닥쳤다.

"알리에노르가 걱정할 거야."

하고 싶은 말은 너무나 많았으나 그녀가 그렇게 나오면

난 즉시 입을 다물었다. 그래도 행복했다. 어디서 무엇을 하든 그녀 없이 사는 것보다는 훨씬 더 좋았으니까.

밤이면 밤마다, 우리가 보낸 시간이 좋았건 나빴건 간에, 나는 그녀를 두고 떠나야 하는 고통을 겪어야 했다. 온몸을 감싸는 지하철의 기분 좋은 온기도 나를 위로해주지 못했다. 차라리 아스트로라브와 함께 꽁꽁 얼어버리는 편이 나을 것 같았다.

그러는 새에 어느덧 겨울이 깊어졌다. 내가 추워서 그런다는 핑계를 대가며 아무리 설득을 해도 난방기에 관한 아스트로라브의 고집을 꺾을 수 없었다. 전기료가 무서워 못 켜겠다는 거였다. 내가 대신 내주겠다고 해도 완강하게 안 된다고만 했다.

"동정심 때문에 날 사랑한다는 느낌이 들까봐서."

"당신 걱정을 하는 게 아니야. 내가 추워서 그런다니까. 이러다가 얼어 죽을 것만 같아."

"그럼 날 안아. 날 안으면 열이 펄펄 나잖아."

"그게 다 상대적인 거야. 내가 당신보다 덜 차가운 것뿐이라고."

아스트로라브는 언제나 파카를 세 벌이나 걸치고 바지를 겹겹이 껴입었다. 무시무시한 정절의 갑옷 아래 숨겨진 그녀의 몸은 수수께끼로 남아 있었다. 내가 아는 그녀의 몸은 가녀린 두 손과 섬세한 얼굴뿐이었다. 키스를 할 때면 그녀의 코가 얼마나 얼어 있던지 입술이 다 아플 지경이었다.

나는 작별의 순간이 두려웠다. 현관문이 닫힌 후 혼자만의 밤에 남겨진 나는 다른 세상으로 건너가야 했다. 그렇게 나는 불이 붙은 굴렁쇠를 통과했다. 아스트로라브가 곁에 없는 중에 나는 나쁜 생각들을 무럭무럭 키웠다. 나는 그녀가 정한 규칙이 죽도록 원망스러웠다. 치사한 짓이었다. 모든 걸 감수하겠다고 한 건 나였으니까. 증오는 이미 그것이 생겨나게 된 원인을 넘어서 버렸다. 두 여자는 그런 적개심의 대상이 되기엔 차지하는 부피가 너무 작았다.

나의 증오는 곧 지금의 수준으로 부풀어 아주 간단하게 인류를 거부하게 되었다. 나를 포함한 전 인류를. 이는 또한 내가 단순한 자살로 만족 못하는 이유이기도 하다. 나의 파괴행위에는 상당한 숫자의 인간과 인류라는 종이 가진 자만심의 원인이 된 관계라는 것이 적어도 하나쯤은 포함되어야 했다.

나의 논리는 이렇다. 아스트로라브는 내가 이 지구상에

서 만나본 여자들과 달라도 무척 다른 사람이었다. 그녀는 장점이 많은 사람이 아니었다. 그녀 자체가 장점이었다. 그런데도 그녀가 나를 대하는 태도는 잔혹하기 이를 데 없었다. 이러다가 거세를 당하는 게 아닐까 겁이 날 정도로. 그러니, 만약 가장 고매한 인간성이 이보다 더 나을 게 없다면 파괴해버리는 게 낫겠다는 것이다.

어쩌면 좀 시시할 수도 있겠다. 사실 내게 필요한 건 어마어마한 대참사지만 내가 없애버리려는 것은 건축 작품 한 점과 백여 명의 사람들일 뿐이니까. 혼자서 움직이는 초보자에게 더 이상을 바라서는 안 되지 않을까. 제발 나의 첫 작품이 걸작으로 남아주길!

이것이 내가 새로 품게 된 소망이다.

알리에노르가 당당하고도 커다란 목소리로 '큰일'을 보기 위해 혼자만의 시간을 갖겠다고 선언하고 자리를 떴을 때, 나는 그 틈을 타 내 사랑에게 마음속에 품고 있던 말을 했다.

"알리에노르가 잠든 사이엔 당신이 옆에 없어도 되잖아. 나와 우리 집으로 가자."

"그 이야긴 이미 끝난 줄 알았는데?"

"알아. 하지만 그 동안 당신을 더 간절하게 원하게 되었단 말이야. 이젠 더 참을 수가 없어. 당신은 안 그래?"

"예상했어야지. 내가 경고했었잖아."

"내가 당신을 원하는 만큼 당신도 나를 원한다면 그런 말을 할 수 없을 거야."

그녀가 한숨을 쉬었다. 그럴 땐, 그녀를 사랑하는 마음이 큰 만큼 그녀가 더 미웠다.

"뭐라고 말 좀 해 봐!"

"다시 한 번 얘기할게. 우린 언제나 알리에노르가 있는 자리에서 만나야 해."

"좋아. 그럼 화장실로 가자고."

"조일, 유치하게 굴지 마."

"당신의 규칙이 얼마나 터무니없는지 보여주려는 것뿐이야."

"듀라 렉스 세드 렉스(Dura lex sed lex). 악법도 법이라고 했어."

"규칙을 바꾼대도 아무도 뭐라고 하지 않아."

"난 알리에노르에게 절대 혼자 두지 않겠다고 맹세를 했단 말이야."

"그런 맹세, 알리에노르는 벌써 잊었을걸."

"난 잊지 않았어."

그 순간, 그녀를 얼마나 죽이고 싶었던지. 난 어찌할 바를 모른 채 쩔쩔맸다. 그때 순간적으로 떠오른 아이디어가 나를 구했다.

"규칙은 당신에게도 해당되는 거지? 만약에 내가 셋이

서 할 수 있는 뭔가를 제안한다면, 받아들일 수 있겠어?"

"혹시 셋이서 섹스를 한다거나, 그런 건 아니겠지?"

그녀가 걱정스러운 표정으로 물었다.

"물론 아니야."

"그렇다면 당연히 받아들이지."

떨 듯이 기뻤다. 그녀가 기대해도 좋을 만한 아이디어였으니까.

"돌아오는 토요일엔 아침 느지막하게 올게. 아침밥을 너무 많이 먹지 마."

"그 뭔가가 먹는 거야?"

나는 잠시 고민을 했다.

"그렇다고도 할 수 있지."

"신난다! 알리에노르랑 내가 먹는 거라면 엄청 좋아하거든."

"맛이 좋을 거라고는 약속 못 해."

알리에노르가 아주 만족한 표정으로 화장실에서 나왔다. 아스트로라브는 그녀에게 내가 돌아오는 토요일에 근사한 점심식사를 차려줄 거라고 말했다. 비정상이 손뼉을 쳤다. 덜컥 겁이 나기 시작했다.

"두 사람 다 내가 뭘 가져오든 먹어줄 거지?"

"당연하지. 우리가 그렇게 교양 없어 보여?"

결전의 날, 나는 두 여자를 실망시키지 않기 위해 빵빵하게 속을 채운 가방들을 들고 갔다. 사실은 그럴듯한 점심식사를 준비한 척하느라 아무거나 되는 대로 집어넣었던 것이었지만. 나의 봉헌물은 약통 세 개와 CD 한 장으로, 종이봉지 하나면 충분한 것들이었다.

나는 히트곡 모음 CD를 오디오에 넣었다.

"식사를 위해 음악까지 준비해 오다니! 정말 센스가 있다니까."

여자들에게 줄 약통에는 각각 프실로시빈을 함유한 과테말라 버섯이 1그램씩 들어 있었다. 내 것은 양이 두 배였다. 난 아무래도 전적이 있었던 만큼 그 정도의 양은 가져야 효과를 볼 수 있었다.

"이게 뭐야?" 아스트로라브가 작은 약통을 받아들며 물었다.

"입맛부터 돋우라는 의미에서." 사실, 그날 점심은 그것으로 끝이었지만 난 이렇게 대답했다.

두 여자가 약통을 열었다. 알리에노르는 황홀한 듯 비명을 질렀다. 잠시 잠깐, 나는 그녀가 그 버섯의 정체를 알고 그러는 게 아닐까 하는 의심을 했다.

"소리 지를 만해, 알리에노르. 이 말린 버섯, 정말 예쁘다. 그냥 먹으면 돼?"

"그러는 게 좋다고들 해."

힘든 순간이 시작되었다. 이미 몇 번의 경험이 있는 나로서는 특히 더 괴로웠다. 이상하게도 맛이 나쁘다는 사실을 이미 알고 있을 땐, 그 맛을 참기가 더 힘들다. 내 몫의 버섯을 씹어 삼키기 위해서는 상당한 용기가 필요했다. 아스트로라브가 감상을 말했다. 나의 마음을 상하지 않게 하려는 그녀의 배려가 존경스럽기까지 했다.

"맛이 정말 독특해!"

알리에노르는 희열에 들뜬 나머지 말 그대로 울부짖었다. 정신지체자에게 환각버섯을 먹여보는 건 이번이 처음이라는 데에 생각이 미치자 혹시 내 계획이 틀어지는 게 아닐까 걱정되기 시작했다. 나는 물을 세 컵 따라서 여자들에게 권했다. 나도 그랬지만 그녀들 역시 비위를 상하게 하는 그 맛을 씻어낼 수 있다는 점에 안도하며 물을 들이켰다.

참 이상하다. 버섯은 종류를 막론하고 다 맛있다. 독버섯마저도 맛이 좋다. 그런데 왜 유독 몸에 좋지도 않은 환각버섯만은 그렇게 맛이 고약한 걸까? 어쩌면 대자연이 이것을 먹는 사람에게 미리 경고를 하는 것인지도 모른다. 이봐, 조심하라고! 이제부터 정말 특별한 경험을 하게 될 테니까.

"물은 왜 마셔?" 아스트로라브가 물었다.

"버섯에 들어 있는 성분이 잘 작용하라고."

그녀는 내 말을 소화 작용에 관련된 것으로 해석했는지 별로 걱정을 하지 않았다.

나는 오디오의 플레이버튼을 눌렀다. 음악이 울려 퍼졌다. 내가 아는 한 증상이 나타나려면 족히 30분은 기다려야 했다. 내 작전은 은행털이만큼이나 은밀하게 계획되어 있었다. 나는 마룻바닥에 모포를 깔았다.

"로마식 정찬을 준비하는 거야? 비스듬하게 누워서 먹자고?"

나는 건성으로 대답을 하며 대충 얼버무렸다. 사실, 약효가 나타나기 시작하면 서 있기가 힘들기 때문에 바닥을 정리해 두는 게 나았다.

"이건 무슨 음악이야?"

"에이펙스 트윈."

"좀 이상하지 않아?"

"조금만 있으면 이상하다고 느껴지지 않을 거야."

"음식이 놀랍도록 훌륭해서 이 음악들이 이상하지 않게 느껴질 거라고?"

"점심식사는 끝났어. 다른 건 준비하지 않았거든."

침묵.

"조일, 내가 무척 소식하는 사람인 줄 알았나 본데, 그렇다면 날 과소평가한 거야."

"우리 셋은 방금 환각을 일으키는 마법의 버섯을 먹었어. 20분 후면 현실을 떠나게 돼."

나는 내가 받아 마땅한 그녀의 호된 질책을 기다렸다. 당사자에게 미리 말해주지도 않고 환각버섯을 먹이는 사람이 어디 있단 말인가. 내가 그렇게 용서받을 수 없는 짓을 저지른 이유는, 만약에 미리 말을 했다간 아스트로라브가 거절할 게 뻔했기 때문이었다. 사랑을 나눌 수 없는 처지이다 보니 이렇게나마 그녀와 뭔가 특이한 경험을 함께 하고 싶었다.

하지만 내 사랑 아스트로라브는 한껏 들뜬 목소리로 이렇게 말했다. "알리에노르, 들었지? 우리가 환각을 느끼게 될 거래."

나는 처음엔 기분이 별로 좋지 않을 테지만 불안해하지

겨울 여행

않으면 정말 멋진 여행을 하게 될 것이라고 설명했다.

"이 버섯을 어디서 구했어?"

"딜러의 정체를 밝힐 순 없지."

"단골인 거야?"

"솔직히 말하면 꽤 자주 거래하는 편이야."

나는 첫 경험을 하는 두 여자가 부러웠다. 아스트로라브와 알리에노르는 자기들이 앞으로 어떤 경험을 할지 전혀 모르고 있었다. 나로 말하자면, 좋았건 나빴건 여행 경험이 너무나 많았기 때문에 초조함에 일종의 체념이 섞인 묘한 감정에 사로잡혔다.

육지에서의 마지막 순간들이 얼마 남지 않았다. 나는 개인의 자유를 최대한 존중하는 네덜란드의 법을 왜 우리는 배우지 않는 거냐고 투덜대며 그 시간을 보냈다. 슬슬 화가 머리끝까지 치밀려는 순간, 아스트로라브의 표정이 바뀌었다.

"어머! 어머! 어머!"

나는 재빨리 그녀의 손을 잡아 안심시켜 주었다.

"곧 괜찮아질 거야. 비행기가 이륙할 때 속이 울렁거리는 경우가 있잖아. 이것도 마찬가지야. 하나 다른 건, 당신이 타고 있는 게 로켓이라는 거지. 거북한 느낌은 금방 지나갈 거야. 곧 우주로 날아가 멀리서 지구를 바라보게 될 거라고."

이번에는 알리에노르가 신음을 했다. 아스트로라브는 그녀의 손을 잡고 자기만의 방법으로 달래주었다. 그렇게 우리는 인간사슬이 되었다.

구토가 치밀어 오르면 나는 미친 듯이 침을 삼켰다. 늘 그렇듯이 효과만점이었다. 구토는 버섯의 효과가 성공적으로 나타날 것이라는 전조일 뿐이다. 아주 드물지만 환각버섯을 먹고도 정신이 멀쩡한 불행한 경우가 있다. 그럴 땐 이런 초기증상도 나타나지 않는다. 나는 두 여자에게 이런 불쾌한 기분은 일시적인 것이라고 설명했다. 아름다운 나라로 건너가기 위한 특별한 통행허가증이라고.

"이제 됐어? 뭐가 보이는지 말해봐."

내가 아스트로라브에게 말했다.

"벽."

그녀가 황홀하다는 듯 옆집과 그녀의 아파트를 구분짓는 희끄무레한 벽을 가리켰다. 너무나 오래되어 당장이라도 무너져 내릴 것만 같은 벽이었다. 나는 아직 일정 수준에 도달하지 못했기 때문에 그녀가 보는 것을 볼 수 없었지만 짐작할 수는 있었다. 사람들은 하얀 표면 뒤에 감추

겨울 여행

어진 보물들을 상상하지 못한다. 인식의 문을 열면 당장 눈에 보이는 그것을.

알리에노르가 모포 위에 길게 누웠다.

"이봐, 괜찮은 거야?"

그녀는 뭔가가 보인다는 듯한 표정으로 고개를 끄덕이고는 그대로 눈을 감았다. 환각버섯을 먹은 후에는 두 가지 방식으로 여행을 떠나게 된다. 외부로의 여행과 내면으로의 여행. 알리에노르에게는 두 번째 방식이 적용된 것 같았다. 나를 위해선 잘된 일이었다. 알리에노르는 계속 눈을 감고 있을 테고, 그럼 난 그녀의 존재를 크게 신경 쓰지 않아도 된다.

반면 아스트로라브는 휘둥그레진 눈을 똑바로 뜨고 있었다. 환각이 느껴지기 시작하면 뭘 해도 싫증이 나지 않기 때문에 만약 내가 말리지 않으면 그녀는 여덟 시간 동안 계속해서 벽만 뚫어져라 쳐다보고 있을지도 몰랐다. 나는 그녀에게 다른 걸 좀 보라고 했다. 그랬더니 이번엔 내가 그녀의 무릎 위에 놓아둔 나티에 블루색의 쿠션으로 눈을 돌렸다.

그 순간, 나에게도 다른 세상으로 통하는 문이 열렸다. 나는 나의 사랑하는 여인 속으로 빨려들기라도 할 기세로 그녀를 뚫어져라 쳐다보았다. 그리고 그녀와 내가 같은 환각을 보고 있는지 확인해 보기로 했다.

"이 색깔처럼 환상적인 색을 본 적 있어? 색깔에 빠져 봐. 색깔 자체를 느껴보라고. 이 나티에 블루로 당신을 가득 채워봐."

"나티에?"

"18세기 프랑스 화가의 이름이야. 그 사람이 이 파란색을 개발해냈지. 이런 색을 개발한다는 게 어떤 건지 상상해 봐."

"정말 아름다워." 그녀가 속삭이듯 말했다.

"왜 그렇게 작은 소리로 말하는 거야?"

"너무 아름다우니까 틀림없이 비밀일 것 같아서."

웃음이 나왔다. 그녀가 무슨 이야기를 하려는지 알 수 있을 것 같았다.

나는 그녀를 데리고 푸른색의 중심으로 들어갔다. 미묘한 색깔이 퍼져 나와 우리에게 걷잡을 수 없이 쏟아지는 희열을 안겨주었다. 우리 둘은 새로 발견한 이런 희열의 완벽한 포로가 되기 위해 쿠션에 코를 박았다.

"이 방을 처음 보는 것 같다는 느낌이 들어. 모두 다 처음 보는 것 같아. 쿠션의 파란색도 그래. 색깔이라는 걸

아예 처음 보는 것 같다고."

"두세 살 먹은 아기처럼 사물을 보기 때문이야. 지하철에서 아기들이 어떻게 주변을 바라보는지 한 번 잘 봐. 거의 도취상태인 게 눈에 확실히 보이거든."

"그럼 우리가 이렇게 멋진 것들에 둘러싸여 살면서도 평소에는 그걸 못 본다는 말이네!"

"지금 보고 있잖아. 그게 중요한 거야."

"사람은 왜 자라면서 제대로 보질 못할까?"

"그야 자라야 하기 때문이지. 자기에게 유익한 것에만 집중하게 만드는 비장한 생존의 법칙을 배워야 하니까. 눈이 아름다움을 잊는 거야. 그런데 우린 환각버섯 덕분에 아기들의 시각을 되찾았어."

"내가 이렇게 행복한 것도 그 때문일까?"

"그래. 생각해 봐. 우린 성인으로서의 자율성을 가진 두세 살 아기들처럼 행복한 거야."

"생각할 수가 없어. 눈에 보이는 걸."

나는 그녀에게 키스를 했다. 그녀가 내 얼굴을 빤히 보더니 웃음을 터뜨렸다.

"당신 얼굴 하나 가득 글자가 쓰여 있어." 그녀가 내 뺨을 어루만졌다.

"어디 한 번 읽어봐."

"못 읽어. 한자로 씌어 있거든. 당신 얼굴이 꼭 중국 음식점 메뉴판 같아 보여."

나는 나를 빤히 보는 그녀를 빤히 보았다. 아스트로라브를 볼 때마다 나는 미친 듯이 흥분을 했다. 그런데 완전히 도취한 상태에서 그녀를 보고 있자니 나의 광기는 주체할 수 없을 정도가 되었다. 게다가 그녀 역시 환각 상태에 빠져 있었으니. 그녀의 동공이 그녀의 눈을 가득 메웠고, 그녀의 눈이 그녀의 얼굴을 가득 메웠으며, 그녀의 얼굴이 방안을 가득 메웠다.

"당신이 내 사랑이야? 그런 거야?"

"그렇다면 좋겠는데. 뭐 문제가 있어?"

"아니. 당신이 뭐로 만들어졌는지 좀 볼게."

그녀가 나를 조사하기 시작했다. 귀까지 뒤집어보며 샅샅이. 어마어마하게 커진 그녀의 머리가 내 쪽으로 다가올 때마다 나는 그녀의 어마어마한 귀가 내 콧구멍으로 들어오는 것만 같은 느낌을 받았다. 꼭 거인과 함께 병원놀이를 하는 기분이었다.

그녀는 내 스웨터를 치켜올리고 내 몸 구석구석에 귀를 대 보았다. 안에 미로를 담은 그녀의 귀가 내 등과 가슴팍과 배 위에 찰싹 찰싹 달라붙었다.

"굉장한 소리가 들려." 그녀가 열에 들뜬 목소리로 말했다.

"욕망의 소리야."

깜짝 놀란 그녀가 다시 귀를 가져다 댔다.

"당신의 욕망은 식기세척기 소리를 내는구나."

"응. 다기능이거든."

그녀는 조사가 끝났다고 말하며 내 스웨터를 내렸다. 환각상태에서도 그녀는 자신이 내세운 그 알량한 규칙을 지키려 하고 있었다. 그녀가 원망스러웠다.

알리에노르는 바닥에 꼼짝도 않고 누워 있었다.

"알리에노르는 괜찮은 걸까?"

"그럼. 저 표정을 봐, 얼마나 평화로운지. 우리 셋 중에 알리에노르가 환각상태에 제일로 푹 빠진 것 같아."

"눈은 왜 감고 있지?"

"잘하고 있는 거야. 당신도 해 봐."

내 사랑이 눈을 감더니 외마디 비명을 질렀다.

"내 말이 맞지?"

"내 머릿속에서 현대미술 전시회가 열리고 있어."

"그래. 이젠 퐁피두센터에 갈 필요가 없어."

그녀가 들뜬 표정으로 눈을 떴다.

"칸딘스키, 미로, 다른 화가들은 이름을 잊어버렸네. 그들도 환각을 경험해 봤을까?"

"그럴걸."

우리는 같은 경험을 했을 법한 여행자들에 대한 고전적인 대화를 시작했다.

"마크 로스코(러시아 출신의 추상주의 화가—옮긴이)도?"

"응."

"그럼 니콜라 드 스탈(러시아계 프랑스 현대화가—옮긴이)도 그럴까?"

"당연하지."

클럽의 새 멤버들은 형제라도 된 듯 모두 열렬한 환영을 받았다. 일부러 중단하지 않으면 이런 식의 대화가 몇 시간이고 계속될 것만 같았다. 아스트로라브가 관심을 보여야 할 부분은 따로 있었다.

"자, 이제 이 방에서 제일 아름다운 걸 보여줄게."

나는 바닥에 내려앉아 그녀를 불렀다. 그리고 평소에는 그저 바닥일 뿐이던 마룻바닥을 가리켰다. 그녀가 바닥을 뚫어지게 바라보았다.

그리고 그녀는 감탄한 듯 소리를 질렀다. 그렇지만 나

는 우리가 같은 것을 보고 있는지 확인해보고 싶었다.

"당신도 내가 보는 걸 보고 있는 거야?"

"얼음이 보여. 호수가 얼었어."

"그래, 맞아."

"티끌 하나 없이 투명한 얼음이 한 겹 있고 그 아래엔 가라앉은 세계가 있어. 끝내주게 아름다워."

"자세히 얘기해봐."

"얼음 속에 처음 보는 꽃들이랑 꽃잎으로 만든 여인상들이 있어. 순식간에 얼어붙었나 본데 자기들이 처한 운명을 모르고 있는 것 같아. 이것 봐. 얼음을 뚫고 나오려고 기를 쓰는 것 같지 않아? 시체가 되어서도 머리카락은 계속 자라나 봐. 어쩌면 저 꽃들은 죽은 여자의 머리카락인지도 몰라. 그래, 조일, 나한텐 그런 게 보여. 당신한테도 보여?"

"아니."

"잘 보면 보일 거야. 저기, 대리석 기둥 사이에 죽은 여자가 있단 말이야."

"저건 에페소스의 아르테미스 신전이야."

"그 신전은 사라진 거 아니었어?"

"그래! 하지만 우린 그게 어디에 있는지 알고 있어. 여

기, 당신 집 마룻바닥 아래에 있다고!'

"죽은 여자는? 그 여자가 보여?"

"아니. 우리가 보는 게 완벽하게 같을 수는 없어. 아르테미스 신전을 같이 보고 있다는 것만 해도 굉장한 거야. 그 신전이 여기 확실히 있다는 증거니까."

"아쉽게도 우린 그걸 곧 잊겠지."

"아냐. 이 여행에서 경험한 건 모두 우리 기억에 남아 있을 거야."

"지금 보는 것들을 다시 볼 수는 없는 거잖아."

"그건 그래. 하지만 기억 속에는 영원히 남을 테고, 우리가 사물을 보는 방식은 이전과 같지 않을 거라고."

"이상해. 에페소스랑 파리 몽토르괴이의 이 허접한 아파트 사이에 무슨 관련이 있는 걸까? 또 기원전 5세기와 현재는?"

"그것들을 잇는 끈은 우리의 영혼이야. 우린 소크라테스 시대 이전부터 서로의 운명으로 정해져 있었어."

그녀가 웃었다. 그리고는 다시 상상도 못하던 세상을 빠져들 듯이 들여다보기 시작했다.

나는 혼자가 되었다. 내가 방금 한 말은 내 깊은 속에서 나온 것이었다. 소크라테스 시대 이전의 분신이 플라톤의

겨울 여행

분신보다 훨씬 더 설득력이 있었다. 플라톤도 환각버섯을 먹었던 모양이다. 동굴의 비유를 보라. 우리의 환각과 닮아도 너무 닮았지 않은가. 하지만 플라톤은 내가 절대 동의할 수 없는 주장을 펼쳤다. 어떻게, 영혼과 육체의 구별을 강조하고 모든 사회가 계급으로 이루어져 있다고 우기는 자의 사랑 이론에 동의할 수 있단 말인가? 소크라테스 이전 시대의 사랑은 전혀 달랐을 것이다. 분명히.

나는 나와 여행을 함께 하는 두 여자를 주의 깊게 바라보았다. 한 명은 기도를 올리고 있는 이슬람교도 같은 자세로 두 눈을 크게 뜨고 얼음 아래의 세상을 감상하고 있었다. 또 한 여자는 등을 바닥에 대고 누워 눈을 감은 채 자신의 풍부한 내면을 탐험하는 중이었다.

알리에노르가 우리 둘보다 약발을 잘 받는 게 확실했다. 나만 해도 그런 수준의 여행은 한 번도 해 보지 못했다. 두 여자에게 준 환각버섯은 심심풀이나 할 정도의 양이었다. 그러나 알리에노르는 그보다 네 배는 더 많이 먹은 것 같은 반응을 보였다. 흔히들 말하는 강력한 환각제를 마신 사람 같았다. 아스트로라브는 딱 적당할 만큼 기분이 좋은 환상을 보고 있었지만 알리에노르는 인간 인식의 한계를 넘는 어떤 현실을 창조하고 있었다.

 에이펙스 트윈의 노래 하나가 끝나고 다음 곡이 시작되었다. 누전이 되는 것처럼 치직거리는 소리로 우리의 뇌파를 소리계의 바오밥나무 모양으로 만들어버리는 지고매틱(Ziggomatic) V 17. 그 순간 알리에노르 말레즈의 정체를 깨달은 나는 주문 같은 말을 중얼거리기 시작했다. "알리에노르, 넌 한 그루 바오밥나무야, 그래서 네가 움직이지 않는 거야, 처음으로 아프리카 땅에 살기 시작했던 사람들은 온갖 종류의 나무들을 가지고 여러 가지 시도를 했대, 어떤 나무는 불이 잘 붙고, 어떤 나무는 훌륭한 활과 도구로 변신했다지, 어떤 나무는 씹을수록 맛이 나고 어떤 나무는 쑥쑥 자라 일 년 만에 근사한 풍경을 만들어주었지, 또 어떤 나무를 강판에 갈았더니 고기 양념으로 최고였고 어떤 나무는 사냥하느라 진을 뺀 남자들의 정력을 되살려 주었다더라, 그런데 아무데도 쓸모 없는 나무가 꼭 한 그루 있었는데, 그게 바로 바오밥나무였다는군, 땔감으로도 쓸모가 없었다지, 아무 짝에도 쓸모 없는 그런 나무를 가지고 뭘 할까, 나무건 사람이건 아무런 쓸모가 없는 그런 존재들을 어디다 써먹을까, 그러다가 이렇게 결정을 내린 거야, 바오밥나무는 신성하다, 드디어 바오밥나무의 용도가 생긴 거지, 신성한 존재로 남아 있기, 아무도 바오밥나무를 건드리지 않았어, 신성하니까, 인간에겐 신성한 존재가 필요하거든, 신성한 존재란 그 누구도 이해할 수 없지만 어디에 도움이 되는지 아무도 모르는 것에 도움이 되는 그런 존재잖아, 아무튼 간에 도움이 되는 존재, 가슴이 답답할 땐 바오밥나무 그늘에 앉아 나무를 본받아 보는 거야, 커다랗고 쓸모 없는 존재가 되어보는 거지, 그저 무성하게 뻗어보겠다는 생각 하나로 얽히고설킨 가지를 뻗어내는 나무, 바오밥나무처럼 커다라면서 쓸모 없는 나무는 아프리카에 또 없어, 알겠지, 커다래봤자 아무 쓸모가 없다고, 사람들이 커다란 걸 필요로 하는 이유는 그게 절대적이기 때문이야, 크기의 문제일 뿐이지 구조적인 문제가 아니란 말이야, 바오밥나무를 아주 아주 작게 줄여보면, 브로콜리가 되거든, 브로콜리는 먹을 수 있잖아, 바오밥나무는 우주적인 브로콜리야, 살바도르 달리도 그런 말을 한 적이 있지, 알리에노르, 넌 그런 현상의 인간 버전이야, 네 글이 그토록 매력적인 건 그 때문이라고."

"뭐라고?" 아스트로라브가 말했다.

그러고 보니 내가 말을 하고 있었구나, 내 귀에 웬 목소

겨울 여행 111

리가 들리더라니, 하긴 늘 듣는 목소리야, 아스트로라브, 내 심장이 고동치는 소리를 들어볼래, 내 안에서 힘차게 뛰고 있는 이 심장의 소리를, 당신의 온몸으로 나를 안고 당신의 성당에서 울려 퍼지고 있는 음악소리를 듣게 해 줄래?

난 당신을 향해 손을 뻗어, 당신의 손은 너무나 차가워서 이름을 붙일 수가 없어, 당신을 따뜻하게 해 주려고 해, 내 팔과 다리로 당신의 움츠린 몸을 휘감고 미지근한 내 입김을 불어줄게, 마치 숨을 훅 불어 유리병을 만드는 사람처럼, 내 입김으로 우리 둘을 에워싼 유리공이 생겼어, 당신은 내 품에 안겨 있어, 영원토록 그렇게 있을 거야, 버섯을 먹은 후에는 시간이 존재하지 않는다는 걸 당신도 이미 눈치챘겠지, 일 분, 한 시간, 한 세기가 동의어가 된다는 걸, 당신의 다리와 팔로 나를 꽉 안아줘, 내가 당신을 안은 것처럼, 우리는 인간 유리공이야, 이 노래, 지고매틱 V 17은 천 년 전부터 계속되고 있었어, 이제 난 당신의 온기를 되찾아줄 아주 재미난 일을 할 거야, 알리에노르는 걱정하지 마, 바오밥나무가 옆에 있어도 우린 사랑을 나눌 수 있어, 거대한 브로콜리는 방해가 되지 않아, 나도 당신처럼 소름이 돋아, 당신을 너무 갖고 싶어서 돋는 소름이기도 하지만 춥기 때문이기도 해, 내겐 익숙한 일이야, 환각버섯을 먹으면 추워지거든, 이렇게 추운 데에는 다 이유가 있어, 우리더러 인생의 의미를 기억하라는 거야, 추위라는 영원한 법칙만이 우주를 지배해, 만약 존재라는 것을 낳은 불씨가 폭발하지 않았다면 세상에는 차가움과 뜨거움, 삶과 죽음, 얼음과 불 사이의 영원한 싸움만이 계속되었을 거야, 뜨거운 것보다 차가운 것이 먼저라는 사실을 잊어선 안 돼, 가장 센 건 추위라는 걸 명심해, 그리고 언젠간 추위가 우리를 지배하게 될 거야, 그때까지 살아서 싸워야 해, 당신은 내가 녹여버릴 눈이야.

나는 결국 아스트로라브의 옷을 벗기는 데에 성공했다. 그녀의 아름다움은 믿기지 않을 만큼 쉽게 드러났다. 그녀의 옷을 벗기는 것으로 충분했으니까. 그러나 이게 웬일인가, 문제가 생겼다. 아스트로라브의 몸은 돌이었다. 은유가 아니라 진짜로. 당신이 석상이라는 사실을 미리 말해줬어야지, 그녀가 자기 몸을 내려다보고 이리저리 더듬어 본다, 이게 대체 무슨 일이지, 내 몸은 원래 이렇지 않아, 온몸이 이러네, 그래, 당신 몸 전체가 돌이야, 그녀가 웃는다, 난 하나도 웃기지 않아. 그녀가 내게 묻는다, 환각버섯을 먹고 사랑을 나누어본 적이 있느냐고, 아니,

하지만 그런 친구들이 있기는 해, 불가능하진 않을걸, 그녀가 또 묻는다, 돌하고도 사랑을 나눌 수 있는 거냐고, 그럴 것 같긴 해, 하지만 이런 상황에서 당신의 실체를 알게 되다니, 너무해, 나는 그녀의 몸이 다시 살이 되기를 바라며 그녀를 애무했지만, 아스트로라브의 몸은 더욱더 단단해진다. 이렇게까지 단단할 수도 있는 건가. 그녀가 자기 배에 주먹을 한 방 먹인다, 그리고 쇼크를 먹는다, 아무런 느낌이 없어, 주먹이 아플 뿐이야, 난 아무래도 얼음 조각상인가 봐.

절망한 채로 나는 그녀를 품에 안는다, 이런 상태가 얼마나 계속될까, 이건 너무 어려운 문제야, 아스트로라브, 환각상태에서는 시간이 존재하지 않거든, 당신이 십 분 동안 돌이 되어 있다는 건, 열 시간, 열 달 동안 돌이 되어 있는 것과 같아. 우린 무시간 영역에 갇혔어, 아주 행복할 땐 기막히게 좋은 일이지만 괴로울 땐 지옥이야, 물론 괴로워하지 않으면 돼, 아주 간단하지, 하지만 한쪽은 상대를 미치도록 원하고, 그 상대는 돌인데, 어떻게 괴로워하지 않을 수가 있어, 그녀가 웃는다, 당신 계획은 완전히 망했네, 불쌍한 나의 조일.

그녀가 웃자 나는 더 비참해진다, 그렇구나, 그녀는 하나도 괴롭지 않은 거로구나, 어쩌면 이렇게 되어 다행이라고 생각하고 있을지도 몰라, 난 혼자서 동동거린다, 욕구불만에 시달려가며, 만일 그녀가 나를 사랑한다면, 얼음 조각상이 사랑하는 방식으로 사랑하는 거겠지, 나는 근접할 수 없는 그녀의 아름다움을 바라본다, 만약 죽음이 우리를 이긴다면, 만약 우리가 죽음에 굴복한다면, 그것은 그녀가 아름답기 때문에, 그리고 그녀와 사랑을 나눌 수 없기 때문이리라.

지고매틱 V 17이 끝났다. 그러니까 나의 어처구니없는 비극은 팔 분간 지속되었던 것이다. 음악은 도취상태의 시간을 재는 모래시계다. 나는 일 년은 족히 되는 것 같던 팔 분 동안 철저하게 실패했다.

옷을 도로 입은 아스트로라브가 나도 옷을 입으라고 한다. 나는 내 슬픔의 갑옷을 다시 입는다. 그녀가 말한다. 별것 아니라고, 우리가 뭔가를 함께 했으니까 그걸로 된 거라고. 나를 위로하려는 그녀의 말에 고통이 열 배쯤 심해진다. 나는 아무 말도 하지 않는다.

이제 함께 한 지도 한 시간째. 아스트로라브는 소파 위에 웅크리고 앉아 부엌용품 포장지를 뚫어져라 바라본다. 그게 엄청난 효과를 발휘하고 있는 모양이다. 여전히 꿈

짝도 않는 알리에노르는 위대한 영혼과 교류를 하는 중인 것 같다.

나는 우리 셋을 돌아본다. 세 명은 각자의 내면에 침잠해 있다. 공감대는 무슨 얼어 죽을 공감대.

조금 전, 아스트로라브와 나는 얼음 속에 갇힌 에페소스의 아르테미스 신전을 보았다. 우리는 정확하게 같은 것을 보고 있었다. 다만 아스트로라브 혼자만이 얼음 속에 갇힌 여자를 볼 수 있었다. 그 여자는 아스트로라브 자신이었다.

곧이어 이상한 생각이 마구 떠올랐다. 배드트립, 즉 환각 중에서도 불쾌한 체험을 여러 번 경험해보았기 때문에 난 환각이 마냥 좋을 것이라는 착각은 하지 않는다. 만일 우리가 좀더 막역한 사이였다면, 우리 셋은 이 여행으로 지옥의 끝을 경험했을 것이다. 그런데 지옥에 다녀오는 걸 나쁘다고 하는 이유는 뭘까? 단순하게 생각해보면 '배드'라는 형용사를 자제해야 한다는 결론이 나온다. 오히려 나는 지옥 체험이 해 볼 만하다고 생각하는 편이다.

흔히들 말하는 배드트립 중에는 오히려 모든 것을 명확하게 볼 수가 있다. 내가 처음으로 경험한 배드트립은 지하철에서였다. 갑자기 나는 주위의 추함에 눈을 떴다. 내가 만들어 낸 것이 아니었다. 아주 오래 전부터 추함은 그 자리에 버티고 있었다. 단지 내가 수수방관이라는 필터로 내 자신을 보호하고 있었을 뿐. 아직도 생생하게 기억이 난다. 세상의 흉측함은 내 앞자리에 마주 앉은 어떤 사내의 넥타이에서 절정을 이루고 있었다. 환영을 본 게 아니었다. 사람들이 조금만이라도 눈길을 준다면 그 넥타이는 전 인류를 공포에 빠뜨릴 수 있는 뭔가를 내재하고 있었다. 당장 넥타이를 끌러 열차 창 밖으로 내던져 버리라고 말하고 싶은 욕구를 참느라 무진 애를 썼던 기억이 난다. "절 믿으세요. 당신을 위해서 충고하는 겁니다." 하마터면 이렇게 말할 뻔했다. 물론 나를 위해서이기도 했지만. 넥타이의 혐오스러운 무늬가 내 가슴을 짓누르고 나를 고문했다. 세상의 종말을 가져올 대참사가 일어나 제발 그 천쪼가리를 없애주었으면 하는 생각마저 들었다.

내가 맞지 않나? 주변이 온통 참을 수 없이 추한 것투성이인데, 어떻게 그렇게까지 눈이 멀 수 있단 말인가? "이것 보세요, 사람마다 취향이 제각각인 거라고요! 그 남자가 자기 넥타이에 엄청 만족하고 있을지도 모르는 거 아녜요?" 그래, 환각버섯을 먹지 않은 상태에선 이렇게들 생각할지 모른다. 환각상태에선 솔직한 심정을 대놓고 말할 수 있다. 그런 넥타이를 하고 다니는 건 하나의 모욕이자 테러요 남을 무시하는 행동이라고. 그런 태도는 증오를 불러일으킨다고. 그랬다, 그치는 나를 미워했던 것이다. 아니 인류 전체를 증오했던 것이다.

배드트립 중에는 지하철 이용 고객의 넥타이에 내재된 지옥을 알아볼 수 있는 명철함이 발휘된다. 우리가 지옥이 다른 데가 아닌 이 지구상에 있다는 사실을 깨달은 이후부터 그 지옥의 실체는 확실해진다. 지옥, 그것은 바로 타인이다! 의심의 여지가 없다. 확실하다. 타인이라고는 하지만 온전한 한 사람을 들먹거릴 필요도 없다. 그가 맨 넥타이로도 충분하니까.

사실, 배드트립과 일반적인 환각상태는 크게 다르지 않다. 그저 확실하게 볼 수 있느냐 아니냐의 문제일 뿐이다. 나티에 블루색 쿠션을 앞에 두고 행복에 겨워 눈물을 흘리는 것이나 끔찍한 넥타이를 쳐다보며 순교자처럼 고행하는 것이나 별다를 바가 없다.

흉물스러운 남성용 액세서리에 대한 혐오감으로 내가 십자가에 못박히는 듯한 고통을 느꼈다면 아스트로라브와 사랑을 나누지 못한 것에서 비롯된 괴로움이 얼마나 극심했는지, 다들 이해하고도 남음이 있으리라.

　모든 것이 원망스러웠다. 내가, 알리에노르가, 과테말라산 환각버섯이, 허무하게 끝나버린 환각의 시간이, 전력공사가, 돌이 되어버린 내 사랑하는 여인의 몸이. 내게 가장 심한 상처를 준 것은 그녀의 웃음이었다. "당신 계획은 완전히 망했네, 불쌍한 나의 조일." 그녀의 잘못으로 내 계획이 망한 것은 아니었지만, 그래도 아스트로라브가 죽도록 원망스러웠다. 그래, 내 계획은 완전히 망했다. 내 운명이 이토록 저주받은 이유가 뭘까? 게다가 그녀가, 그녀가 웃었다.

　나의 결심이 선 것은 그때였다. 아스트로라브는 우주의 창조물 중에서 가장 고결한 존재였다. 그렇게 우수한 존재가 그런 식으로 행동을 한다면 세상은 내 손에 파괴되어야 마땅했다. 안타깝게도 내겐 이 세상을 파괴할 만한 무기가 없으니, 대신 내가 가장 혐오하는 대상을 선택해야 했다.

　2001년 9월 11일 이후로 사람들은 인류에게 가장 효과적으로 해를 끼치는 방법에 대해 일말의 의심을 품지 않는다. 매일 수많은 사람들이 이 도시에서 저 도시로 날아간다. 그렇게 하지 않고서는 살 수가 없다. 그것이 우리의 내면에서 부글부글 끓고 있는 광기를 자극한다. 머리 위에서 끊임없이 우리를 비웃는 저 비행기들을 어떤 건물에 처박아버리고 싶다는 충동을 어떻게 가지지 않을 수 있단 말인가? 게다가 없앨 상상만으로도 온몸이 짜릿짜릿한 건물이 있다면?

이제 내게 남은 것은 결심을 하는 것뿐이다. 환각상태에서는 현실적인 복잡함이 아무렇지도 않게 느껴진다. 마치 흐르는 물처럼. 내가 비행기 조종이라는 방면에 경험이 전혀 없다는 것은 전혀 문제가 되지 않는다. 한 마디로 정리할 수 있는 문제니까. 내 지적 능력이 2001년 9월 11일의 주인공들만큼은 된다는 것이다. 이젠 내 야심을 불태울 수 있는 목표물을 찾아내기만 하면, 그것으로 준비는 끝나는 것이었다.

중요한 건, 내가 자신을 겨냥했다는 사실을 아스트로라브가 알아야 한다는 점이었다. 물론 난 몽토르괴이 지역의 허름한 아파트에 보잉기를 메다꽂진 않을 것이다. 왜, 그럴 거면 아예 새둥지에 갖다 박지?

나는 파리지앵이다. 외부에도, 즉 파리 밖에도 훌륭한 건물들이 많이 있다. 그러나 그 건물들은 내가 상상할 수 있는 한계 너머에 있다. 그렇기 때문에 완벽한 사랑의 상징인 타지마할을 대상에서 제외시켰다.

파리 내에서 목표물을 찾을 계획이었기 때문에, 나는 이왕이면 도시의 미관을 해치는 것들을 없애기로 했다. 훌륭한 취향도 살리고 청소도 하자는 의미에서. 몽파르나스 타워도 고려해보았지만 그보다는 쉐라톤 몽파르나스나 어이없음의 극치인 쥐시외 빌딩이 나을 것 같았다. 특히 최근 석면 제거 작업을 거친 쥐시외 타워를 없애면 골칫거리를 간단하고 경제적으로 없애는데 일조를 할 것 같다는 생각이 들었다.

하지만 세심한 성격의 소유자인 나로서는 옆 건물에 미칠 영향을 신경 쓰지 않을 수 없었다. 쉐라톤의 경우, 몽파르나스 묘지가 훼손될 위험이 있다. 모든 살인자들이 그러하듯이, 나 역시 산 자보다는 죽은 자들을 더욱 존중하는 편이니까. 그리고 내게는 정말로 소중한 파리 식물원을 그대로 보존하면서 쥐시외 빌딩을 무너뜨릴 방법이 과연 있을까?

그러나 이런저런 잔걱정 때문에 발이 묶일 수는 없었다. 나의 목표는 세간의 이목을 집중시키려는 게 아니라 뭔가를 파괴하자는 것이니까. 한편으로는 이 사건이 아스트로라브와 어떤 연관이 있기를 바라는 만큼 내가 파괴하는 건물은 아름다운 것이어야 했다.

　게다가 아름답지 않은 것을 파괴한들 무슨 소용이 있겠는가? 추한 것에 대한 테러는 우리네 인간성을 거스르는 것이다. 추한 것들을 향해 이처럼 어마어마한 노력을 해야 할 타당성을 부여할 수는 없다. 추한 것을 상대로 열정을 불태울 수야 없지 않겠는가. 추함의 극치는 헛된 분노를 불러일으킬 뿐이다. 숭고한 아름다움만이 그것을 파괴하고픈 열정을 낳는다. 미시마 유키오 소설 속의 주인공은 교토의 풍경을 망치는 새 건물들이 아니라 유서 깊은 미의 상징인 금각사를 불태웠다. 이는 "모든 사람들은 자신이 좋아하는 것을 죽인다."는 오스카 와일드의 명언을 건축학적으로 적용한 것이다.

　파리에는 아름다운 건축물이 널렸다. 우선 나는 루브르 박물관을 제외시켰다. 일단 너무 크다. 게다가 플랑드르 화가들의 작품이 전시된 부분과 그리스 조각상이 전시된 부분 중에서 어디를 택해야 한단 말인가? 뒤를 이어 여러 생각이 머릿속에 줄줄이 떠올랐다. 팔레 르와얄의 정원들, 파리 천문대, 생 자크 탑, 노트르담 대성당, 그러나 다 의미가 없어 보였다. 내게 필요한 건물은 어쨌거나 아스트로라브를 떠올리게 하는 것이었다.

그녀에게 직접 물어보는 게 어떨까?

"파리에 있는 건축물들 중에서 당신이 분신처럼 애착을 느끼는 게 있어?"

아스트로라브가 날 한 번 쳐다보더니 생각에 잠겼다. 버섯효과가 충분해서인지 그런 질문을 이상하다고 느끼지 않는 것 같았다. 그녀의 팽창된 동공이 눈 밖으로 넘쳐나 있었다. 감미로웠다.

"물론이지. 뭔지 모르겠어?"

"모르겠는데. 혹시 카타콩브?"

그녀가 웃음을 터뜨렸다.

"파리에 있는 건축물들 중에서 알파벳이 가장 중요한 역할을 하고 있는 건물이 뭐게?"

"정말 모르겠는걸."

"A를 생각해봐."

환각버섯을 먹고 여행을 할 때, 어떤 글자에 대해 생각한다는 것은 거대한 제국에 맞서는 것과 같은 일이다. 특히 그 글자가 최고로 순수한 A라면 상태는 더욱더 심각해진다. 검은색 모음 모양의 환영이 어마어마한 크기로 내 머릿속을 메웠다. 전화 발신음은 영원히 계속될 것만 같은 AAAA로 이어졌고 다닥다닥 붙어선 A의 무리들이 이

겨울 여행　123

국적인 A 모양의 단도를 휘두르고 두 다리로 쿵쿵거리며 행진을 했다. 말레이 사람들이 쓰는 단검들 중에 A 모양의 크리스 단도가 있다. 아무데서나 쓰지 않는 과시용 무기. 대다수의 사람들은 동물을 잡을 때 목을 비튼다. 지체가 높은 왕자들만이 끝이 뾰족한 A 모양의 크리스로 동물을 죽일 권한을 갖는다.

저 유명한 모음에 얼마 동안이나 마음을 빼앗기고 있었을까. 아스트로라브가 지쳤는지 다시 말을 시작했다.

"그렇게 어려운 문제가 아니야. 파리에서 가장 유명한 건축물이 A라는 글자에서 영감을 받았다고."

"개선문(L'Arc de triomphe)?"

"어휴! 에펠탑 말이야. 그게 A 모양이잖아."

나도 모르게 두 눈이 번쩍 뜨였다. 마치 신세계를 발견하기라도 한 것처럼.

"난 자신들이 살고 있는 도시의 가장 상징적인 건축물의 근원을 모르는 파리지앵들이 너무나 많다는 게 놀라울 따름이야. 구스타프 에펠이 아멜리(Amélie)라는 이름의 여자를 미치도록 사랑했대. 그래서 A에 그렇게 집착하게 되었다지. 그래서 1세기가 넘도록 파리를 굽어보고 있는 에펠탑의 형태가 A 모양인 거야."

"그게 정말이야?"

"그럼. 만약 그 여자 이름이 올가(Olga)였다면 파리의 상징은 전혀 다른 모양을 하고 있을걸."

아스트로라브는 알리에노르와 나란히 바닥에 누워 눈을 감았다. 환각상태로 길게 누운 두 여자는 함께 위대한 영혼과의 대화 속으로 사라져 갔다.

놀라운 사실을 알게 된 나는 어안이 벙벙한 채로 혼자 남겨졌다. 나의 파괴행위에 의미가 없을까봐 두려웠는데, 이젠 나의 위업이 상징과 현실의 동맹조약에 서명을 할 것이라는 생각에 두려움과 떨림을 억누를 수 없었다.

환각 속에서 나의 계획은 분명해졌다. 비행기를 납치해 에펠탑과 충돌시키는 거다. 그렇게 아스트로라브와 알리에노르를 연상케 하는 A라는 글자를 파괴해 버리는 거다. 거울 속에서보다 더 선명하게 자신을 비추어볼 수 있는 행위가 있다.

물론 기술적인 난관을 넘어야 하겠지. 그건 나중에 생각하기로 한다. 사실 별 관심이 없다. 상징과 미의 조합인 에펠탑을 파괴한다는 생각을 하자 짜릿한 전율이 느껴졌다. 에펠탑보다 더 아름다운 것이 또 어디 있단 말인가? 그것이 사랑의 구조물이라는 사실을 알기 전부터 나는 에펠탑을 늘 사모했었다. 그런데 이에 얽힌 내밀한 이야기를 알고 났더니 그 탑이 더욱더 소중하게 느껴졌다. 구스타프 에펠, 이 양반 참 대단하다. 그 사랑이 아무리 소중해도 그렇지, 사랑했던 여인을 일생을 통틀어 가장 거대한 작품으로 체화해 내다니!

부정적인 방향이 되겠지만 나도 같은 일을 하려고 한다. 나의 사랑을 일생을 통틀어 가장 위대한 파괴행위로 체화해 낼 거니까. 딱 한 가지 아쉬운 점이 있다면 정작 나는 비행기가 철의 여인 에펠탑에 충돌하는 그 장엄한 순간을 외부에서 목격하지 못한다는 것이다. 그러나 그 누구도 내가 목격할 장면을 볼 수는 없으리라. 조그마했던 탑이 점점 거대해지다가 키스라도 할 기세로 나를 향해 다가오는 광경, 역사상 가장 난폭한 키스, 그 이름이 부끄럽지 않은 죽음의 키스.

순간, 나는 가장 어려운 일이 항공장비를 정복한다거나 항공기 조종술의 기초를 익히는 것이 아니라는 사실을 깨달았다. 일의 성패는 끝까지 버티느냐 마느냐에 달렸다. 다음날 아침 잠에서 깨어 어젯밤의 결심이 환각에 의한

망상이었다고 치부해버려선 안 된다. 현실세계로 돌아오는 이 위험에 대비하기 위해 나는 비장의 문장을 하나 만들었다. '환각상태가 옳다.' 약효가 다할 무렵 이 문장을 끝없이 되뇌어야 했다.

'환각상태를 벗어나면 절대 정상적으로 생각할 수 없다.' 라는 문장을 늘 떠올리는 것도 도움이 될 것 같았다. 사실 환각버섯을 먹지 않았을 때, 즉 우리의 정신상태가 정상이라고 할 수 있을 때, 분별력 있는 우리의 두뇌는 진부하기 짝이 없는 아이디어를 끊임없이 만들어낸다. 아름다움이니 명예니 번득이는 위대함이니 인간을 거만하게 만드는 천재성들을 구분해 보려 해도 할 수가 없다. 사랑도 마찬가지다. 영혼이 느낀 몇 초간의 전기쇼크, 그 찰나의 느낌 외에는 끄집어낼 수 있는 게 없다. 알싸한 도취상태는 십여 분 남짓. 흥미가 떨어지면 남은 시간은 몸을 가눌 수 없이 흠씬 취한 상태로 어이없이 흘러가 버리고 만다.

환각상태는 여덟 시간 동안 지속된다. 그 동안만큼은 말 그대로 창조하고 고민하고 그 결과를 행동으로 옮긴다. 하루의 삼분지 일인 이 시간은 일상적인 기준으로 수량화할 수 없고 어쩐지 프루스트적인 흐름을 따라야만 할 것 같은 느낌을 준다. 평범한 하루에 대한 기억이 머리카락 한 올의 무게밖에 나가지 않는 반면 환각여행에서 얻은 추억은 일생 동안 풀어내야 할 실타래와 그 무게가 맞먹는다.

평범한 정신활동은 지성에 대한 모욕이다. 사고라는 이름을 붙이기가 아깝다. 진부함을 잊게 해 주고 모든 사물의 근본적 충격을 되살려주는 환각상태야말로 바람직한 상태이다.

나의 이야기에는 A로 시작하는 여자들이 너무 많이 등장한다. 아스트로라브, 알리에노르, 아르테미스와 그녀의 신전, 에펠의 아멜리와 그의 탑. 첫 번째 모음, 랭보가 검다고 한(랭보의 시 「모음들(Voyelles)」 중에 '검은 A, 흰 E, 붉은 I, 푸른 U, 파란 O'라는 구절이 있다—옮긴이) 그 모음은 우연히 나타난 것이 아니었다. 파리를 굽어보는 거대한 A는 내 욕망과 부딪혀 파괴되리라.

얼마 후면 아스트로라브를 향한 나의 사랑이 충족되지 못했다고는 할 수 없을 것이다. 좁은 방 안에서 채우지 못한 그녀에 대한 욕망을 낮은 고도로 도시 위를 날며 불태울 테니까.

저녁 8시쯤, 두 여자가 아주 좋은 기분으로 땅에 내렸다. 특히 행복해 보이던 알리에노르는 침을 질질 흘리며 나에게 키스를 퍼부었다. 나는 아스트로라브가 그 축축한 액체를 닦아주길 바라며 비정상의 키스를 견뎌냈다. 아스트로라브는 좀더 침착했다.

"좋았어?" 내가 물었다.

"아주 많이. 당신의 의도는 바람직하지 않았지만."

바보 같은 나의 사랑은 자신의 그런 이야기 때문에 내 결심이 확고해졌다는 사실을 몰랐다. 나를 만족시켜 주는 것은 하나의 은총이 될 거라고, 아주 드물지만 그녀가 할 수 있는 바람직한 일이라고 말하고 싶었다. 그녀가 코웃음을 칠 게 뻔했다.

길 건너편에 있는 선술집에 갔더니 때마침 쿠스쿠스가 준비되어 있었다. 두 여자는 환각상태에서 내려오자마자 뭔가를 먹는 엄청난 기쁨을 맛보았다. 사람들은 수천 년 전부터 괜한 죄의식에 휩싸여 음식에 이런저런 금지 조항을 달아놓았다. 그런 악의를 말끔히 씻어낸 쿠스쿠스는 한 마리 개구리처럼 기쁨에 겨워 두 여자의 입을 향해 뛰어올랐다. 그런 관습에 묶여 몸이 무거워진다는 것은 생각할 수도 없는 일이었다. 먹는다는 행위는 하나의 유희에 불과하다.

　나는 두 여자들만큼 열정적으로 그 유희에 참여할 수 없었다. 뱃속에 비행기 한 대가 들어 있을 땐 음식을 삼키기 어렵다. 내 결심을 지키지 못할까 봐 두려워했는데, 웬걸, 그 결심이 내 전부를 차지하고 있었다. 마음먹은 대로 실천을 하기 전까지 결코 자유로워질 수 없을 것 같았다. 내가 마치 시한폭탄이 된 기분이었다.

　아스트로라브의 반응으로도 나의 결심은 바뀌지 않았다. 그녀는 열에 들떠 환각여행의 경험담을 늘어놓았다. 어리석긴. 초짜들이 모두 그런 식으로 반응한다는 것을 잘 알고 있는 나였지만 그녀의 이야기가 공감을 불러일으키기는커녕, 고깝기만 했다.

사람들은 아무 상관없는 이들에 대해서는 절대 원망을 하지 않는다. 내가 품은 원한이 정당하지 않다는 사실을 알면서도, 난 나의 결심을 더욱 확고하게 해 주는 그 감정을 누그러뜨리려 하지 않았다. 대신 그녀를 멀리하기로 했다. 그래 보았자 그녀는 눈치도 못 채겠지만.

인생을 복잡하게 만들 이유가 있을까? 몇 년 전에 나는 막시밀리앙 피퀴에라는 여객기 조종사와 안면을 텄다. 나는 그에게 전화를 걸어 다짜고짜 보잉 747기 조종법을 가르쳐달라고 했다.

막시밀리앙은 몇 마디로 간단하게 대답해주었다. 아마 더 간단한 대답은 찾으려야 찾을 수도 없을 것 같았다. 나는 그가 일러주는 것을 꼼꼼히 받아 적고 요점을 큰 소리로 되읽어 틀린 부분이 없는지 확인을 한 다음 다시 질문을 했다.

"전문가의 입장에서, 내가 보잉기를 조종할 수 있다고 생각해요?"

"아뇨. 비행 시뮬레이터 훈련을 몇 번 해 보지 그래요?

꽤 도움이 될 거예요."

"그런 건 어디에 가면 할 수 있는데요?"

그가 정보를 주었다.

"항공기 조종사가 되려는 겁니까?" 상당히 비아냥거리는 투였다.

"아니에요. 내가 소설을 쓰고 있는데, 등장인물이 비행기 납치를 계획 중이거든요. 고마워요, 막시밀리앙."

골치를 썩일 필요도 없었다. 나는 비행 시뮬레이터 센터에 전화를 걸어 막시밀리앙 피귀에의 소개를 받았다고 말했다. 전화를 받은 남자는 소설 집필 작업에 참여한다는 사실이 무척 재미있게 느껴졌는지 한 번 들러보라고 했다. 나는 그가 설명하는 시뮬레이터 조작 방법을 노트에 적었다. 한참을 적고 있는데, 그가 내 손에서 펜을 빼앗더니 내가 틀리게 적은 철자를 고쳐주었다.

"책을 출간하면 감사의 말에 내 이름을 잊지 말고 적어주세요."

죄를 짓는 게 이렇게 손쉽다니. 나를 도와주는 사람에게 감사의 표시를 하는 것으로 충분했다.

바스티앙―문제의 사내―은 약속날짜를 여러 날 잡은 후에야 나를 놓아주었다. 그래야 혼자서 시뮬레이터를 탈 수 있는 수준에 올라간다며.

"안 그러면 소설의 주인공이 아무것도 모른다는 티가 팍팍 날 거라고요. 일을 하려면 제대로 해야지."

나는 나의 계획에 대한 사람들의 폭발적인 지지에 감동했다. 물론 그들은 범죄행위에 일조를 한다는 것을 전혀 몰랐다. 만약 그 사실을 알았다면, 그들이 다르게 행동했을까?

바스티앙의 말이 옳았다. 연습을 하지 않고 허술하기 짝이 없는 노트에 의존했다면 큰일이 날 뻔했다. 시뮬레이터를 운전해 보니 정말 많은 것을 배울 수 있었다. 비디오 게임 같은 것을 영 심드렁해하던 나였지만, 시뮬레이터에는 완전히 빠져들고 말았다.

시뮬레이터를 몇 번 운전해 본다고 해서 항공기 조종사가 될 수 있는 것은 아니었다. 하지만 나의 임무 완수를 위해선 이만하면 되었다는 생각이 들었다. 착각일 수도 있었지만.

오늘 날짜의 비행기 표를 사면서 통장 잔고를 확인해 보았다. 약 4천 유로. 남은 일주일을 백만장자처럼 호화판으로 살기에는 턱없이 부족한 액수였지만, 한 번 화끈하게 즐길 수는 있을 것 같았다.

나는 아스트로라브와 알리에노르를 400년 전통의 파리 초일류 레스토랑 '라 투르 다르장(La Tour D'Argent)'으로 초대했다. 개인적으로도 이 레스토랑의 전설적인 오리 요리 맛을 못 보고 죽을 수는 없는 노릇이었다.

"로또 당첨됐어?"

요즘 들어 내 마음속에 훨씬 뜸하게 떠오르는 마음속으로부터 사랑하는 나의 여인이 물었다.

"아니. 내가 두 사람에게 점심을 내기로 했었잖아. 버섯을 먹던 날 말이야. 지금이라도 대접을 해야지."

"하지만, 라 투르 다르장이라니, 무리하는 것 같아."

우리 좌석은 창문 옆이었다. 나는 턱짓으로 창 밖을 가리켰다.

"여기가 파리에서 유일하게 노트르담 뒤편 전경을 볼 수 있는 레스토랑이야."

그녀는 한참동안 창 밖을 내다보다가 이렇게 말했다.

"정말 노트르담 성당은 뒤쪽이 훨씬 더 아름답구나."

일부러 그런 척하려고 하지 않았는데도 아스트로라브와 거리가 생겼다. 그녀를 사랑하는 것이 더 이상 괴롭지 않았다. 방법적으로 많은 발전이 있었던 것이다. 그녀도 그런 분위기를 모르지 않았다.

식사가 끝난 다음 아스트로라브가 아파트로 함께 가자고 했다. 나는 그 초대를 거절했다. 그녀는 강요하지 않았다. 그러나 내 거절에 마음이 상한 것이 눈에 보였다. 그녀가 그렇게 실망한 표정을 한 달만 먼저 보여주었더라면, 난 기쁨으로 산산조각이 났을 것이고 에펠탑 공격 D 데이 계산 같은 것도 하지 않았을 텐데. 너무 늦었다. 난 아스트로라브의 고통에 무감각해졌다.

이렇게 타이밍을 못 맞추다니, 아무튼 여자들이란.

어제 아침, 아스트로라브의 편지를 받았다. 주머니에 넣어둔 그 편지를 꺼내 옮겨 적어 보기로 한다.

조일,

당신은 변했어. 마음이 아프지만 당신을 비난하진 않을게. 그럴만한 이유가 있을 테니까. 당신이 차가워진 건 기대 이상으로 사랑을 받는다는 것이 불안했던 한 여자의 반응 때문일 거야. 나도 당신의 사랑이 싫진 않았어. 그 반대였지. 하지만 그렇게 소중한 다이아몬드를 어떻게 하면 우아하게 받을 수 있는지, 그런 방법은 그 어디에서도 가르쳐주질 않더라. 난 요령이 없어. 다른

겨울 여행 141

여자들은 잘도 하던데. 내가 당신을 잃은 거라면, 받아들일게. 그 동안 내게 주었던 소중한 다이아몬드들에 대해 고맙다는 말을 하고 싶어. 만약에 당신이 내게 돌아올 가능성이 아주 조금이라도 남아 있다면, 기다리겠어. 그리고 앞으로는 숙맥같이 굴지 않을게. 약속해. 적어도 당신 덕분에 너무 행복해서 혼란스럽다는 걸 더 이상은 감추지 않을 거야.

당신의 아스트로라브

 이런 편지를 읽는 데에는 두 가지 방법이 있다. 그 아름다움에 감동하여 눈물을 흘리든가, 아니면 그 황당무계함에 웃어젖히든가. 그나마 내겐 일말의 사랑이 남아 있어서 단어들에 감동한 나의 머리가 샴페인 병마개처럼 튀어오르는 것만 같았다. 그러나 내 눈을 덮었던 콩깍지가 얼마간 벗겨져 나간 상태였기 때문인지 어쩐지 우스꽝스러운 뉘앙스가 느껴졌다. 사람은 불 같은 사랑에 빠져 있을 때만이 한없이 너그러울 수 있는 법. 조금이라도 그 열기가 식으면 누구라도 어쩔 수 없이 가혹해진다. 나는 이 두 상태를 오락가락하고 있었다.

또한, 이 편지를 옮겨 적은 것이 어떤 효과를 발휘한다. 뭔가를 옮겨 적는다는 것은 단어들이 가진 힘을 활성화시키는 것이다. 악보의 경우를 보라. 눈으로 읽을 때보다 연주를 할 때 더욱 큰 감동을 주지 않는가.

결심이 흔들린다. 가증스러운 아스트로라브, 난 절대로 뜻을 굽히지 않을 거야. 계획을 접는 것이 별것 아니라는 사실은 나도 잘 알고 있어. 공항을 떠나 당신에게로 가면 되니까. 당신의 비정상 작가가 곁에 있어도 상관없어. 이번엔 성공할 수 있을 거야. 당신도 이번 겨울 내내 내가 그랬던 것처럼 더 이상은 못 견딜 상태가 되었으니, 더 이상은 나를 거부할 수 없겠지. 당신이 그러기를 얼마나 바랐는지, 당신이 전율하는 걸 얼마나 보고 싶었는지.

하지만 난 이를 악물 거야. 당신에게로 달려가고 싶은 이 마음을 참고 또 참을 거라고. 이제 너무 늦었어. 너무 늦은 건 돌아볼 가치도 없지, 내가 하고 싶은 말은 이것뿐이야. 게다가 난 결심을 끝까지 밀고 나가리라고 맹세를 했어. 사이렌들의 노래에 넘어가지 않았던 율리시즈는 날 이해할 거야. 사이렌들의 문제가 뭔지 알아? 그건, 그들이 절대로 적절한 순간에 노래를 부르지 않는다는 거야.

겨울 여행

시간이 다가오고 있다. 나는 가방을 가지고 화장실로 갈 예정이다. 아까, 면세점에서 뢰더러 크리스털을 한 병 샀다. 하고 많은 샴페인 중에 왜 이 상표를 골랐느냐고 묻는다면 이 정도 수준이 되어야 내가 계획한 일에 걸맞기 때문이라고 대답하겠다. 내 손에 희생될 이들의 자존심을 봐서라도 최고급품이 필요하다.

화장실 변기에 샴페인 병을 내리쳐 가장 큰 파편을 주워 둘 생각이다. 이왕이면 주둥이 쪽으로. 그래야 손에 잘 잡히니까. 그것이 나의 훌륭한 무기가 되어 줄 것이다. 샴페인을 그런 식으로 버려야 한다는 점이 아쉽지만, 필요하니 어쩔 수 없다. 한 모금이라도 마신다는 건 생각할 수도 없다. 정신이 멀쩡해야 하니까. 어쨌거나 마시고 싶을 만큼 차갑지도 않을 테고.

내가 마시고 싶을 만큼 차가운 샴페인은 아스트로라브뿐이었다. 안됐지만 할 수 없다. 난 술 한 방울 마시지 않은 말짱한 상태로 죽을 것이다.

비행기가 이륙을 하면 파편을 들고 조종실로 들어가 조종사들의 목을 베려고 한다. 고민을 많이 했다. 내가 과연 그런 일을 해낼 수 있을지 알 수 없었으므로. 유일한 해결책은 생각을 아예 하지 않는 것이다. 마음의 준비를 하면 할수록 힘이 빠진다.

동작이 그리 복잡하진 않을 것 같다. 영화에서 백 번쯤 보아 두었고 거울 앞에서 천 번쯤 연습을 했다. 중요한 건 아무 생각도 하지 않는 것이리라. 그래서 마지막 순간을 위해 슈베르트의 〈겨울 여행〉을 머릿속에 담아두었다. 이 사건과 이 음악은 아무런 관계가 없기 때문에.

조종사들을 처리한 다음, 나는 조종간을 잡고 비행기를 운전할 것이다. 기대감에 마음이 들뜬다. 막시밀리앙 피 귀에가 가르쳐 준 방법과 시뮬레이터 훈련이 효과가 있는지 검증해 볼 수 있는 기회다. 효과가 있든 없든, 아무튼 결말은 비행기 폭파로 마무리될 테지만. 목표물을 에펠탑으로 정한 건 잘한 것 같다. 파리 근교의 별 세 개짜리 호텔들에 비해 평범하지 않으니까. 그런데, 과연 에펠탑에 얽힌 알파벳 A 이야기는 진짜일까?

조종실의 문은 안에서 잠그려고 한다. 나는 그 비행기 안에서 신 바로 다음 서열을 잇는 유일한 지배자로 등극하리라. 박진감이 끝내줄 것만 같다.

예상대로 일이 돌아간다면, 나는 비행기를 파리 방향으로 몰고 갈 것이다. 오늘은 3월 19일. 하늘은 맑게 개어 있고 태양빛에는 아직 겨울의 청명함이 배어 있다. 내려다

보이는 경치가 얼마나 멋질까.

나는 내가 태어나 자란 파리를 사랑한다. 그 누구보다 더 이 도시에 애착을 느낀다고 자신한다. 종종 눈여겨보던 현상이 하나 있다. 어떤 장소를 사랑하려면 높은 곳에서 내려다보아야 한다는 점이다. 한 예로 높은 곳에서 땅을 굽어보는 신을 상상해 보라. 그 위치가 아니라면 어떻게 우리를 사랑할 수 있겠는가?

내가 모는 비행기는 파리 북쪽에서 천천히 방향을 틀어 도심으로 들어와 개선문 위를 지나갈 것이다. 트로카데로 뒤, 거대한 A 모양의 에펠탑이 위풍당당하게 버티고 선 채 나를 기다리고 있겠지. 그 탑에 얽힌 사랑이 우리의 뜻을 이끌어주길.

진심으로 바라거니와 내가 저지른 짓으로 너무나 예쁜 갈리에라 궁이 훼손되지 않았으면 한다. 그리고 샤이오 궁에 새겨놓은 발레리의 멋진 문구를 더 이상 읽을 수 없는 일이 벌어지지 않기를.

곧 비행기 탑승 안내방송이 나올 것이다. 용기를 내기 위해 기도하는 짓 따위는 하지 않으려고 한다. 그야말로 용기가 없다는 뜻이니까.

실패할 경우에 대해서는 생각조차 하고 싶지 않다. 나는 성공할 것이다. 꼭 그렇게 될 거다.

눈을 감고 정신을 집중한다. 벌써부터 에펠탑의 거대한 몸체가 느껴진다. 내 몸은 이미 비행기와 하나가 되어 있기 때문에 몸이 전율하자 금속이 떨리는 느낌이 난다.

나의 몸을 이루고 있는 골격을 이렇게까지 자세히 느껴 본 적이 없다. 분명 이런 느낌일 것이다, 사랑은.

이제 비행기에 올랐다. 잠시 후 죽음을 맞이할 승무원들이 내게 인사를 한다. 조금 있으면 이륙이다.

이젠 봄이 시작되어도 좋을 것 같다.

□ 옮긴이의 말

비행기 납치를 계획하는 한 남자의 고백

주인공 조일은 한눈에 반한 여인의 사랑을 차지하지 못하자 보잉 747기를 납치해 파리의 상징이자 사랑의 상징이며 사랑하는 여인과 그녀와의 사랑을 방해하는 또 다른 여인의 상징이기도 한 건축물을 파괴시킬 계획을 세운다. 테러임에 분명한 행위를 계획하면서도 '자신의 분노에 그럴 듯한 변명을 붙이는 그런 사기집단과 달라도 한참 다르다' 며, 자신은 테러리스트가 아니라고 주장하는 그의 뻔뻔스러움을 이 소설을 읽는 독자들은 과연 용서할 수 있을까?

데뷔 이후 세간의 혹평과 찬사를 한몸에 받아온 아멜리 노통브는 문학의 목적이 세상에 질서를 부여하는 것이 아니라 문학 그 자체라는 문학관을 펼친다. 딱히 메시지를 전달하려는 노력도 하지 않는다. 소설을 잉태하고 고통 속에 해산하여 세상에 내보낼 뿐. 그리고 그 작품을 끝까지 사랑할 뿐. 주인공이 정말로 테러에 성공했을까, 실패했을까는 중요하지 않다. 작가는 이것을 '열린 결말'이 아니라 우리의 삶과 닮은꼴인 카오스라고 말한다.

  올해로 데뷔 19년째로 접어든 그녀의 18번째 소설 『겨울 여행』(우리에겐 〈겨울 나그네〉로 더 익숙한 슈베르트의 연가곡집에서 영감을 얻은 제목이다)은 작가가 그 동안 여러 번 다루어온 '사랑의 파괴'와 '테러'를 큰 줄기로 삼고 있다. 그런데 어디선가 읽어본 느낌, 들어본 느낌이 전혀 없으니, 그것 참 희한하다. 아마 이런 점 때문에 노통브의 재능에 어마어마한 찬사(심지어 천재라는 수식어까지)가 쏟아지는지도 모르겠다. 워낙 넉살좋게 사실과 허구의 경계를 넘나드는 작가이기에 혹시나 하는 마음에 말씀드리자면, 소설 속에 등장하는 '프뇌 병'은 순전히 작가가 상상해낸 결과물이며, 파리의 상징인 에펠탑에 얽힌 사랑 이야기도 확인된 바 없다. 또한 비정상 소설가는 바로 작가 자신의 분신임을 여러 인터뷰에서 밝힌 바 있으니 지적장애인들에 대한 비하라는 오해가 없기를 바란다. 한 가지 더 덧붙이자면, 인터넷과 휴대전화를 전혀 사용하지 않는 작가와 연락을 할 때면 작가의 담당 편집자를 통하는데, 중간에서 연결을 해 주는 레아 씨를 비롯한 노통브의 편집자들은 소설 속 악질 편집자들과는 달리 정말로 친절하다.

프랑스 현지에서는 주인공들이 환각버섯을 먹는 장면에 대해 말들이 많았다. 작가가 직접 체험을 해 본 것이냐, 간접 경험에 의한 것이냐, 등등. 이에 내해 작가는 '현지법 때문에 입장을 밝힐 수 없다'는 반 농담으로 답변을 대신했다. 어쨌거나 독자가 소설로 환각을 맛보는 것은 지극히 합법적인 일. 주저하지 말고 작가가 초대하는 환각의 세계로 여행을 떠나보도록 하자. 지적이고도 엉뚱하며 애절한 동시에 냉혹한 노통브의 겨울 여행은 지독한 사랑앓이이다. '겨울에 누군가를 사랑하게 되는 그리 바람직하지 못한' 상황에 처한 주인공은 그 차디찬 겨울의 끝에서 마지막 글을 남긴다. '이젠 봄이 시작되어도 좋을 것 같다.'고.

허지은